Ingrandimenti

Alberto Castagna

LA MANO SUL CUORE

MONDADORI

Il nostro indirizzo Internet è:
http://www.mondadori.com/libri

ISBN 88-04-46755-X

I edizione aprile 1999

Indice

La mano sul cuore

A mia figlia Carolina

Prologo

Tutta la mia odissea, dal momento in cui ho messo piede al San Matteo di Pavia, è durata 258 giorni. Dalla mattina in cui sono entrato al Gemelli ne sono passati 238. Più di 8 mesi, di cui oltre 5 in Terapia intensiva. 163 giorni di prognosi riservata, durante i quali i medici non se la sono sentita neanche di scommettere che avrei salvato la pelle. 55 giorni sotto il respiratore artificiale: oltre 2 mesi senza respirare da solo, parlare, mangiare normalmente. 8 interventi chirurgici in 8 mesi. Pare che io abbia battuto ogni record.

1

Premonizioni

Sono in una bara di ghiaccio.

Disteso, anestetizzato, immobilizzato su un tavolo operatorio.

Mi recidono le arterie e le arterie vengono collegate a una macchina. Il mio sangue circolerà fuori dal corpo. E la macchina lo raffredderà. Lentamente, con progressione matematica. La temperatura scenderà di due gradi al minuto: 36, 34, 32, 30, 28... 14 gradi.

Una sottile lama di luce filtra da sotto la porta. Come mai Pucci è ancora alzata? Sono le tre del mattino, e per me è un'ora normale per tornare a casa. Ma lei, in genere, dorme da un pezzo. Come mai, stanotte, è ancora sveglia?

Anche se l'ho lasciata per un'altra donna, continuiamo a condividere quasi la stessa casa. Pucci abita al sesto piano, io al piano di sopra in un palazzo a poche centinaia di metri da piazzale Clodio, il «quartiere» storico della Rai: via Teulada, viale Mazzini... Le due case sono come una dentro l'altra. Ascensore e scale sbucano direttamente dentro i due appartamenti.

Seguendo un istinto improvviso, non sono arrivato su, fino a casa mia. Sono uscito sul piano di Pucci e, prima di fare quei pochi scalini a piedi, ho visto il filo di luce.

Strano davvero.

Se è alzata, mi ha sicuramente sentito e, anche se è molto rispettosa della mia vita privata, sarà livida di rabbia. Penserà che sono il solito irresponsabile. Dirà: due settimane fa l'hanno operato al cuore, e già Alberto ha ricominciato con gli stravizi.

Non ha torto, Pucci l'intransigente, Pucci la saggia. Pucci donna forte che risponde con durezza alle durezze della vita e che ritrova un po' di dolcezza quando parla della nostra splendida bambina, Carolina, sei anni appena compiuti; o quando mi ripete che, alla fin fine, sono l'unico uomo con cui lei abbia costruito una vera famiglia.

La sostituzione della valvola aortica, al San Matteo di Pavia, è andata bene. Ma io bene non mi sento. Respiro a fatica. Parlo con un filo di voce. Ho perso otto chili, mangio poco. Mi muovo a piccoli passi, e perfino spostare una sedia è uno sforzo.

Da giovedì 16 luglio ho anche un dolore alla schiena che mi obbliga a camminare quasi piegato in due. Il fratello di Pucci, Pasquale, dice che ho «una brutta faccia».

Per fortuna domattina vado al mare, a Sabaudia, con Carolina e con Pinella, la mamma di Pucci.

Il mare mi guarirà.

Il mare che mi è rimasto negli occhi e nel cuore fin da bambino, quando vivevo a Civitavecchia e andavo tutto solo a spiare onde e navi o, con mio padre, a pescare sul molo.

Sì, il mare mi guarirà.

Nonostante sia superstizioso, avevo deciso di partire ieri, venerdì 17, poi la mamma di Pucci è arrivata tardi e abbiamo dovuto rimandare, fra le proteste di Carolina e la mia impazienza malcelata. Ma domattina – questa mattina, visto che sono le tre – si parte. Alle nove e mezzo in punto. Cascasse il mondo, si parte.

Le valigie sono già pronte. Costumi, asciugamani, le mie canne da pesca nuove, la paletta e il secchiello di Carolina: tutto giù, nell'ingresso di Pucci. Che, chissà perché, è ancora sveglia. E sicuramente arrabbiata con me. Nel pomeriggio avevamo anche litigato. «Perché tutta questa fretta?» mi aveva detto. «Non vedi come stai?» E mi aveva rinfacciato di essere tornato alle quattro anche martedì.

Adesso che ci penso, lei pure doveva partire per il week-end. Poi aveva cambiato idea. Era bastata una telefonata secca e tutto era saltato. Una cosa assolutamente non da lei.

Alle sei sono già sveglio. Sono sempre stato mattiniero, ma oggi c'è questa smania per il mare e anche il dolore alla schiena.

Alle sette mi alzo. Bevo un caffè e per prima cosa

accendo, come sempre, il Televideo. Non posso cominciare la giornata senza leggere le notizie. In fondo, sono rimasto un cronista, uno con la passione, con la febbre della cronaca.

4.00. Kosovo: strage civili albanesi commessa da serbi («New York Times»).

4.29. Colombia: ribelli del Farc liberano palestinese rapito in aprile.

5.13. Maremoto in Papua Nuova Guinea, morti e dispersi.

5.40. Londra: Carlo festeggia con gli amici i 51 anni di Camilla.

6.01. Canada: eschimesi riprendono caccia alla balena, dopo bando 50 anni.

6.48. Sisma a Taiwan: sale bilancio vittime, 5 morti e 30 feriti.

7.17. Cina, arrestato dissidente in campagna contro nascita nuovi partiti.

Vado alla pagina con la storia di Carlo e Camilla. Sono o non sono il Dottor Stranamore?

GB: CARLO FESTEGGIA I 51 ANNI DI CAMILLA

Il principe Carlo ha celebrato i 51 anni dell'amata Camilla Parker Bowles in un club assai esclusivo di

Londra. Lo riferiscono fonti vicine all'erede della Corona britannica.

Secondo il quotidiano «Daily Mail», il principe per festeggiare il compleanno di Camilla ha riunito una decina di comuni amici, i più intimi. La stessa fonte precisa che Carlo è giunto al club da solo. Insieme a Camilla, invece, ha lasciato il ritrovo a cena conclusa.

Non avrei mai immaginato che, di lì a poche ore, lo stesso Televideo avrebbe dato notizie drammatiche proprio su di me. La prima alle 13.25, poi alle 19.17, fino alla «prognosi riservata» delle 21.11 e alle prime dichiarazioni dei medici, alle 23.58...

Sette e mezzo. Seduto sul divano comincio a sentire un formicolio al piede destro. Quando provo ad alzarmi, il formicolio si è già esteso alla gamba.

E poi, fortissimo, il DOLORE.

C'è solo una cosa più forte del dolore da aneurisma: la paura di sentirlo. Ma poi il male diventa così atroce che arrivi a urlare. Senza volerlo, senza accorgertene.

Dolore alle gambe, che sento ormai paralizzate, dolore che sale su, verso il bacino.

Mi butto sul letto, terrorizzato. Poi, con le ultime forze, cerco di rialzarmi. Il Televideo rimane acceso, scorre per conto suo, dimenticato.

Come tutte le mattine, da quando sono tornato da Pavia, sale Glesy, discretamente, a controllare che tutto vada bene. Glesy è la cameriera filippina di Pucci. Eric, suo marito, si occupa di me. In realtà mandano avanti insieme, da sette anni, entrambe le case. Quando lei arriva, mi trova accasciato per terra, a urlare dal dolore e dal terrore. Glesy torna giù. Pucci sta dormendo. La chiama, la sveglia. Pucci arriva di corsa, scalza, con una vestaglia leggera addosso. Sdraiato sul pavimento, sto parlando al telefono con il mio amico Paolo, medico: «Sto male sto male non riesco a respirare». Pucci mi strappa la cornetta dalle mani. Io ho bisogno di vomitare. Mi faccio accompagnare in bagno. E se chiedo di essere accompagnato, allora sì, dev'essere proprio la fine del mondo, perché ho un senso del pudore fortissimo, mai permetterei a qualcuno di entrare con me. Pucci, medico anche lei, capisce subito che cosa mi sta capitando. La sento chiamare l'ambulanza e quasi urlare: «Fate presto, fate presto, è Alberto Castagna, sta malissimo».

Succede tutto insieme: Glesy ed Eric mi sdraiano di peso sul letto, tutti i telefoni e i cellulari servono a chiamare aiuto. Pucci si infila un paio di sandali, i jeans e una maglietta bianca e dice a sua madre: «Sta con la bambina, stai attenta alla bambina, non farla salire e rimani con lei». Poi sento che parla direttamente a Carolina: «Papà deve fare un controllo, non preoccuparti, aspettaci a casa». Ho solo gli slip addosso. Voglio vestirmi. Ma non c'è tempo. NON C'È TEMPO.

L'ambulanza arriva in un lampo.

Mi sento lucidissimo. So che sto per morire. Ma cerco di resistere con tutte le mie forze. Cerco di non perdere i sensi, di non svenire. Finché rimango sveglio, mi dico, sarò vivo.

Alberto, non addormentarti, non addormentarti, Alberto, Alberto... Non addormentarti o non ti sveglierai mai più.

2

«Ti porterò a casa, te lo prometto»

Sono in una bara di ghiaccio.

Disteso, anestetizzato, immobilizzato su un tavolo operatorio.

Mi recidono le arterie e le arterie vengono collegate a una macchina. Il mio sangue circolerà fuori dal corpo. E la macchina lo raffredderà. Lentamente, con progressione matematica. La temperatura scenderà di due gradi al minuto: 36, 34, 32, 30, 28... 14 gradi.

Ibernato, per proteggere il cervello.

Borse di ghiaccio vengono premute attorno alla mia testa.

L'ambulanza corre corre a sirene spiegate verso il Policlinico Gemelli. Sabato 18 luglio 1998, nove e mezzo del mattino. Sale, l'ambulanza, ondeggiando a destra e a sinistra: da via Trionfale al Gemelli ci sono curve e controcurve che sembrano tornanti di montagna.

Sale facendosi largo tra i palazzoni signorili, lascia sulla destra il Bar Zodiaco, splendida terrazza su Roma. Sale su, alla Camilluccia, e ancora sulla destra dimentica via Fani: rapimento Moro, 16 marzo 1978, e c'ero anch'io là, con gli altri cronisti. Sale ancora, affiancando vecchie case popolari addossate a un alto muro, proprio dove sbuca, guarda caso, via dei Giornalisti. La sirena squarcia il silenzio delle caserme e degli istituti religiosi che si fronteggiano dai lati opposti della strada. Sale aprendosi la strada che, alla pineta Sacchetti, diventa improvvisamente uno stretto budello. Al mattino, a quest'ora, soprattutto d'estate, non c'è una macchina, non c'è un'anima in giro. Per fortuna, perché in un altro momento passare di qui sarebbe un inferno, quindici minuti per fare quindici metri. L'ambulanza sale. Dopo c'è altro cemento e lavori perennemente in corso, poi un ampio scorcio di prato, una specie di altopiano nel cuore della metropoli. Laggiù, piccolo, nitidissimo, il Cupolone, e pensi a uno scherzo degli occhi, a un gioco del tempo che ti ha catapultato di colpo in gita scolastica all'«Italia in miniatura».

Mi sento sballottare tutto. Ho sempre amato le macchine e la velocità. Ma non oggi, non adesso, per favore.

Se corre così veloce, l'ambulanza, e sento così lancinante il dolore, questo significa una cosa sola, me ne rendo conto benissimo.

So. Lo so.

È spaventoso, terribile.

Sto morendo.

Eppure riesco a dire, prima che il panico mi vinca completamente: «Ragazzi, cerchiamo di arrivarci vivi all'ospedale».

Carolina sola, senza più suo padre. Orribile, tremendo.

Comincio a supplicare Pucci: «Tu sei un medico, fa qualcosa, sto morendo, fa qualcosa». Lei cerca di tranquillizzarmi.

Il Gemelli è vicino a casa mia, in linea d'aria addirittura vicinissimo.

In quattro minuti l'ambulanza è al pronto soccorso.

Pucci mi ha sempre tenuto la mano sul cuore.

Sento qualcuno dire: «Fategli la morfina», e poi: «Portatelo subito alla Tac».

Pucci mi grida: «Non ti preoccupare, Alberto, ti riporterò a casa. Te lo prometto».

Scivolo nel buio.

3

Il gelido soffio della morte

UNIVERSITÀ CATTOLICA DEL SACRO CUORE
FACOLTÀ DI MEDICINA E CHIRURGIA "AGOSTINO GEMELLI"

CATTEDRA DI CHIRURGIA DEL CUORE
E DEI GROSSI VASI
Direttore: Prof. G.F. Possati

00168 Roma. 18/7/1998

Il paziente, recentemente sottoposto ad intervento di sostituzione valvolare aortica, è giunto al Pronto Soccorso lamentando, da circa un' ora, l' insorgenza in pieno benessere di dolore toracico intenso.

Visitato, presentava i segni clinici di una sospetta dissezione aortica.

Pertanto veniva sottoposto immediatamente ad un esame angioTAC.

L' indagine radiologica confermava il sospetto diagnostico, documentando una dissecazione dell' intera aorta toracica.

Si procedeva, pertanto, ad intervento cadiochirurgico d' emergenza, che è consistito nella sostituzione dell' aorta ascendente con protesi vascolare.

Il paziente, al momento, è in Terapia Intensiva postoperatoria Cardiochirurgica, ed il tipo di patologia e l' intervento appena terminato ci impongono di mantenere riservata la prognosi.

Dott. Carlo Cellini

Ciò che ci separa dalla morte è il tempo, solo il tempo. Improvvisamente, il tempo può impazzire e mettersi a correre così forte da bruciare in un'ora, in un minuto gli anni che ti separavano dall'incontro con la morte. Non puoi fermarlo, questo tempo impazzito, e neanche illuderti di rallentarlo. Puoi solo sfidarlo, batterlo sul suo terreno. Correre più forte di lui. Un'impresa quasi impossibile.

Dopo appena quarantacinque minuti dall'arrivo al pronto soccorso, sono in sala operatoria. Alle dieci e mezzo sono già a cuore aperto.

Dissezione aortica. Dissecazione dell'intera aorta toracica. Parole che dicono una cosa terribile: il più importante vaso che distribuisce il sangue, quindi l'ossigeno al corpo, si è rotto. Due centimetri sopra la valvola appena sostituita a Pavia e che, grazie al cielo, funziona benissimo. Il sangue imbocca una falsa strada e non arriva agli organi che deve tenere in vita. Il cervello non è coinvolto, ma gli arti inferiori sì, che rimangono paralizzati. Occorre sostituire con tessuto sintetico la parte di aorta che ha ceduto. E farlo subito. *Prima di subito*. Altrimenti, altro che paralisi. È la morte. Semplicemente.

Il tecnico della Tac è già lì. Un caso. Avrebbe dovuto essere da tutt'altra parte.

Carlo Cellini, il chirurgo che mi deve operare, si è fermato più a lungo in ospedale e anche lui è già pronto. Anche lui avrebbe dovuto trovarsi molto lontano dal Gemelli.

Cominciano a essere un po' troppe le coincidenze per far pensare semplicemente al caso: se fossi andato a Sabaudia, se la mamma di Pucci non fosse arrivata in ritardo, se Pucci fosse partita per il finesettimana, se avessi dovuto aspettare il tecnico della Tac, se avessero dovuto rintracciare e far tornare il chirurgo «reperibile», se...

Il dottor Cellini dice a Pucci: «Sto portando in sala operatoria *un morto*; spero di riportarglielo vivo». Pucci, d'istinto, tira fuori la foto di nostra figlia e grida: «Alberto deve tornare a casa!».

Poi iniziano – per chi aspetta – lunghe, interminabili ore. Pucci avverte mia sorella Lucetta, che si precipita in ospedale. Ma dalla televisione e dalla radio la notizia si diffonde velocissimamente e con grande clamore. Il Dottor Stranamore lotta con la morte. Insieme a Pucci, Lucetta, sua figlia Marianna, mio cognato Giancarlo, la mia compagna Francesca c'è già una gran folla, una marea inarrestabile di gente.

Passa la mattinata, passano le prime ore del pomeriggio, arriva la sera. Il caldo è soffocante. Nessuno esce, nessuna notizia filtra dall'ottavo piano del Gemelli. Il sole tramonta, si fa buio. Pucci, Lucetta, Francesca sono lì. Non riescono, non possono staccarsi dalla porta a vetri della sala operatoria, camminano avanti e indietro, si accovacciano per terra nel corridoio, si rialzano, camminano, tornano a sedersi...

A metà intervento, il dottor Cellini deve prendersi una bella dose di Novalgina, cinquanta gocce, per riuscire ad andare avanti. E alle dieci di sera, dopo oltre nove ore sotto i ferri e oltre undici di sala operatoria, vengo finalmente portato in Terapia intensiva. Sono vivo. È andato tutto bene. Il mio organismo sta reagendo positivamente, comincia a rimettersi in moto.

Pucci e Lucetta, a mezzanotte, lasciano l'ospedale. Non potrebbero in ogni caso vedermi, né io vedere loro. Lucetta abita fuori Roma. Si ferma a mangiare un boccone con Pucci e poi va a casa. Pucci può concedersi finalmente una doccia e cercare di riposare fino al mattino. Il dottor Cellini, invece, decide di rimanere al Gemelli.

Semplice scrupolo? Caso?

All'alba, la situazione che si andava normalizzando cambia. Scatta un altro, più terribile allarme. I segni sono fra i più preoccupanti che si possano immaginare: il rene – quello destro, l'unico che da sempre mi funziona – non fa più il suo dovere, c'è una differenza di pressione fra gli arti inferiori e quelli superiori. Una nuova Tac trasforma in certezza il sospetto di una seconda rottura dell'aorta.

Il telefono squilla a casa di Pucci, che si precipita di nuovo in ospedale. I medici hanno lo sguardo perso, sembrano privi di speranza. È passata una sola notte e già bisogna operare ancora. Il rischio questa volta è moltiplicato per mille, ma non c'è alternativa. Pucci autorizza questo secondo, disperato intervento. Alle nove del mattino sono un'altra volta in sala operatoria. Per altre dieci ore.

Servono trasfusioni continue, plasma congelato fresco, il sangue dei donatori, il mio stesso sangue che viene recuperato e reimmesso nel corpo. Vengono utilizzate più di settanta sacche.

A pochi centimetri dalla protesi che mi aveva appena applicato, il chirurgo trova un piccolo coagulo di sangue. Lo rimuove delicatamente e sotto vede il nuovo pezzettino di aorta rotto. Qui siamo più vicini all'origine dei vasi che portano il sangue al cervello. E il cervello questa volta è la parte più a rischio.

Occorre bloccare la circolazione, utilizzare la macchina che sostituisce cuore e polmoni, ma questa volta il chirurgo deve lavorare «in ipotermia profonda, con arresto di circolo a 14 gradi».

Sono in una bara di ghiaccio.

Disteso, anestetizzato, immobilizzato su un tavolo operatorio.

Mi recidono le arterie e le arterie vengono collegate a una macchina. Il mio sangue circolerà fuori dal corpo. E la macchina lo raffredderà. Lentamente, con progressione matematica. La temperatura scenderà di due gradi al minuto: 36, 34, 32, 30, 28... 14 gradi.

Ibernato, per proteggere il cervello.

Borse di ghiaccio vengono premute attorno alla mia testa.

Un corpo umano può rimanere in questo stato – temperatura a 14, 13 gradi – al massimo per 48 minuti.

Il mio ci rimane 38.

Naufragio nei gelidi mari del Nord. Altro che il tepore di Sabaudia.

Dieci minuti. Solo dieci minuti tra me e la morte.

Quando si può far riaffluire al cervello, il sangue viene riscaldato gradualmente. Lo fa la stessa macchina che mi tiene in vita, una macchina miracolosa. Ma tutta questa faccenda rimane ugualmente una bomba atomica per l'organismo. Difficile uscirne senza conseguenze: disturbi neurologici, dell'equilibrio, della memoria...

A me non accade niente di tutto questo. Non solo esco vivo. La prognosi è più che riservata e le speranze che io ce la faccia sono ridotte al minimo. Ma non è ancora la fine.

Si può continuare a sperare e a lottare.

4

Sangue

UNIVERSITÀ CATTOLICA DEL SACRO CUORE
FACOLTÀ DI MEDICINA E CHIRURGIA "AGOSTINO GEMELLI"

CATTEDRA DI CHIRURGIA DEL CUORE
E DEI GROSSI VASI
Direttore: Prof. G.F. Possati

00168 Roma, 20/7/1998

Le condizioni generali permangono molto gravi.

Il paziente, sotto sedazione farmacologica, ha mostrato segni di risveglio.

Persiste, pero', un quadro clinico di insufficienza cardiaca, respiratoria e renale.

Nella giornata di oggi si è resa necessaria una revisione dell' emostasi della ferita.

Un esame ecocardiografico transesofageo ha dimostrato che la riparazione della dissezione aortica realizzata dal Dott. Cellini è stata eseguita correttamente.

La prognosi rimane riservata.

Prof. G.F. Possati

Il mio corpo è una fontana di sangue.

Una fontana che non si arresta e di cui non si riesce a trovare l'origine.

Lunedì mattina, 20 luglio, devo tornare in sala operatoria. Per la terza volta in tre giorni. Serve una «revisione chirurgica» della ferita, che sanguina. Per ora questa è una cosa che rientra nella norma. L'intervento, quattro ore, dovrebbe sistemare tutto.

Non entro mai in coma. Ma sono in uno stato di coscienza alterato: anestesia, postanestesia, ansiolitici, ipnotici, antidolorifici.

Il dolore, il dolore fisico, lo avverto. E sento, a un certo punto, un: «Portatelo via, non c'è un momento da perdere». Mi sento svenire, scivolare lontano... Capisco che mi stanno accompagnando di nuovo in sala operatoria.

La sensazione di morire è fortissima. La PAURA di

morire è fortissima. Ma anche la voglia di non arrendermi. Continuo a fare appello a tutte le mie forze.

Vorrei chiedere, capire, sapere, parlare... Impossibile.

Poi di nuovo il buio.

Il mio corpo è una fontana di sangue.

Una fontana che non si arresta e di cui non si riesce a trovare l'origine.

Passano un'altra giornata, un'altra notte e un'altra giornata ancora.

È la sera del quarto giorno, martedì 21.

Pucci e Lucetta, dopo ore interminabili, fatte di caldo e di attesa, sono tornate di nuovo a casa. Di nuovo un boccone di malavoglia, di nuovo un momento di pausa. L'afa è implacabile. Cercano un po' di sollievo in terrazza.

Squilla, ancora, maledetto, il telefono. È Cellini. «L'abbiamo riportato in sala operatoria. Sanguina come una fontana».

Pucci si precipita.

Non solo il sanguinamento non si è arrestato, ma nella serata l'emorragia si è fatta «imponente e continua».

È la prima complicazione gravissima, la prima di una serie incredibile e infinita che andrà avanti fino a dicembre.

Anche da sola, un'emorragia così è, in genere, mortale. Figurarsi nelle mie condizioni.

E non è assolutamente normale. Nessuno ci capisce nulla.

Ancora in sala operatoria. Nuova «revisione chirurgica dell'emostasi». Poi in Terapia intensiva. Sala operatoria di nuovo.

Nessuno sa cosa fare, dove mettere le mani. Quando, all'improvviso, il mio corpo smette di zampillare. Da solo.

Neanche questo si spiega.

Per precauzione mi tengono in sala operatoria, «sotto osservazione», fino alle tre del mattino. Ma l'emorragia si è proprio fermata.

Continua a sentirsi un vago odore di miracolo.

5

Il chirurgo si fa la barba

UNIVERSITÀ CATTOLICA DEL SACRO CUORE
FACOLTÀ DI MEDICINA E CHIRURGIA "AGOSTINO GEMELLI"

CATTEDRA DI CHIRURGIA DEL CUORE
E DEI GROSSI VASI
Direttore: Prof. G.F. Possati

00168 Roma, 21/7/199

Il Dott. Alberto Castagna si è svegliato, è cosciente, ma viene tenuto sotto blan sedazione.

Nel corso della giornata si è registrato un miglioramento della funzione cardiaca e respiratoria

Persiste l' insufficienza renale e, per questo motivo, è stato sottoposto ad una seduta dialitica.

Il sanguinamento, che ha necessitato di trasfusioni, è sotto controllo.

La prognosi rimane riservata.

Prof. G.F. Possati

Cellini è un bel cognome. Soprattutto per un cardiochirurgo. Evoca l'immagine di un artista avventuroso, un cesellatore fine come nessun altro, vissuto cinquecento anni fa. Anche Carlo Cellini lavora di cesello, non sulla materia inerte, ma su tessuti umani quasi invisibili.

Carlo Cellini non esce dall'ospedale da almeno quattro giorni.

Dice: «Passo un attimo da casa e sono di nuovo qui».

Quando torna ha un vistoso grumo di pomata vicino alle labbra. Pucci e suo fratello Pasquale, che è lì con lei, pensano a un herpes causato dallo stress. «No,» spiega Cellini «mi sono tagliato facendomi la barba.»

Il chirurgo di precisione, il chirurgo che per ore e ore è intervenuto su tessuti delicatissimi – i miei! – ora si è fatto scappare di mano una lametta da barba.

Gli fosse tremata, quella mano, mentre mi operava, gli fosse scivolato il bisturi sulla mia aorta...

Io sono in bilico tra la vita e la morte, e ancora una volta tragedia e commedia incredibilmente si mescolano, si fondono, facce contrapposte ma inseparabili della nostra esistenza.

Pucci guarda il fratello negli occhi e tutti e due scoppiano a ridere. Un riso irrefrenabile.

Ridono fino a farsi uscire le lacrime, ridono piegati in due, senza riuscire a fermarsi. Un riso isterico e liberatorio. Ridono come capita a volte ai funerali, quando la tensione, il dolore, lo shock prendono una via paradossale: un po' come il mio sangue dopo il doppio cedimento dell'aorta.

Ridono mentre aspettano notizie che in realtà non vogliono sentire, perché sembra non possano essere che notizie di morte.

Preludio, appunto, al mio funerale.

6

Hanno rapito mia figlia

Sono in un paese del Sudamerica, Perú o Salvador... non lo so con precisione. La mafia delle telenovelas mi ricatta. E ha rapito mia figlia.

Mi tagliano a pezzi, ma si fermano sempre un attimo prima di uccidermi.

Voglio ribellarmi, urlo: «Vado a dire tutto alla polizia». Ma loro mi fanno vedere le fotografie di Carolina, Carolina che tengono in ostaggio.

Nella testa mi rimbombano le loro accuse: «Sei ambizioso, non guardi in faccia a nessuno nel tuo lavoro, adesso la paghi». Nell'incubo sono lunghissime discussioni: «No, non è vero, ho sempre cercato di fare del bene, non sono mai passato davanti a nessuno». E loro: «Sei stato ambizioso e arrogante, ora la paghi, ora la paghi».

Sono spesso legato. A volte in piedi, a volte su un letto. Ma non sempre. Gesticolo, cammino, recito su un set, mi agito.

Vedo il mio corpo a pezzi. Sono come sdoppiato. Sono io a vedere me stesso dal di fuori. Mi vedo come se una telecamera mi inquadrasse. Ma non è una telecamera. È la mia anima che vaga e vede il mio corpo muoversi là sotto.

Il mio corpo che loro bastonano facendomi provare un dolore da morire.

Cerco di liberarmi. Mi dimeno.

Sul letto della Terapia intensiva mi dimenavo realmente, in preda all'agitazione, alla confusione mentale, al terrore.

Una volta mi sono strappato il sondino. Mi hanno legato davvero.

Va avanti così per giorni e giorni. Una visione interminabile. Ma non mi arrendo. Continuo a dire a me stesso: devo uscire da questa situazione, assolutamente. Posso farcela, devo farcela. Per Carolina, soprattutto.

Non esco mai completamente dal sogno, e il sogno non è un sogno, ma realtà terribile.

Ogni tanto vedo dei volti in primo piano che si affacciano sul letto, si avvicinano al mio viso. Ho poi capito che erano quelli dei medici e degli infermieri. Ma quanto tempo c'è voluto perché mi rendessi conto di chi ero io, dov'ero, perché ero finito lì.

I loro sorrisi mi sembrano ghigni. A tratti sento delle voci che dicono: «Si sta riprendendo... la flebo... staccatelo...».

Una volta ho visto la faccia di un dottore: nel sogno era uno dei capi dell'organizzazione che mi teneva prigioniero e mi seviziava. Mi guardava e rideva. Sentivo perfettamente che diceva: «Vorrebbe parlare, vuole parlare, che vuole dire, non può parlare», e lo diceva con il tono di un aguzzino.

Io ero sempre laggiù, prigioniero, in quello strano paese del Sudamerica.

Sì, ho avuto voglia di morire, perché pensavo che solo la morte mi avrebbe portato fuori dall'incubo.

Molto lentamente sono uscito dalla visione e ho capito che mi stavano curando. I sorrisi sono tornati a essere sorrisi, non i ghigni minacciosi dei banditi. Ma non vedevo ancora nessuno di casa, e questo mi gettava nella disperazione più profonda.

Cercavo di aggrapparmi a questi sorrisi. Medici e infermieri mi dicevano: «Stai buono, stai tranquillo». Ma come facevo a stare tranquillo? Non ricollegavo niente al dolore enorme che sentivo, al misterioso luogo in cui mi trovavo.

7

Tre donne

UNIVERSITÀ CATTOLICA DEL SACRO CUORE
FACOLTÀ DI MEDICINA E CHIRURGIA "AGOSTINO GEMELLI"

CATTEDRA DI CHIRURGIA DEL CUORE
E DEI GROSSI VASI
Direttore: Prof. G.F. Possati

00168 Roma 22/7/1998

Il paziente è sveglio e cosciente e permane sotto ventilazione meccanica.

Le condizioni cardiache e respiratorie sono invariate rispetto a ieri. Da registrare che il sanguinamento si è significativamente ridotto ed è ripresa la diuresi (pur permanendo l'insufficienza renale).

Alle ore 13.30 la sig.ra Pucci Romano è stata autorizzata a visitare il paziente che la ha riconosciuta.

La prognosi rimane riservata.

Prof. R. Schiavello

Prof. G.F. Possati

Finalmente ho visto la faccia di Pucci. Ho aperto gli occhi e c'era lei che mi guardava piangendo: «Stai tranquillo, Alberto, è tutto passato, tutto passato».

Solo quando riesco a vedere e riconoscere i volti di Lucetta e di Pucci, riesco anche a uscire dall'incubo. Capisco che non sono solo, che loro non mi hanno mai abbandonato.

È da quel momento che la mia lotta si fa più determinata e consapevole.

Rimane questo enorme bisogno di chiedere, sapere. Ma, non potendo parlare, non so come fare. Non ricordo niente. Non mi spiego perché sono lì. Vorrei domandarlo a Pucci. Ma come potrà mai rispondermi se non riesco nemmeno a dirle che non ricordo niente?

Sento le gambe immobilizzate, le braccia immobilizzate. Fili attaccati al mio corpo, dappertutto. Tubi e tubicini ovunque dentro di me.

Loro, però, ci sono. Lucetta. Pucci. Francesca.

Lucetta. Per otto mesi, dal 18 luglio fino al giorno in cui sono uscito dall'ospedale, mia sorella non si è mai mossa dal mio letto. Lei ha rappresentato, per me, il calore e quella speranza tutta particolare che nasce da un affetto antico, radicato nel sangue.

Io e Lucetta siamo figli di un tenente colonnello di cavalleria che sarebbe poi diventato generale. Per seguire gli spostamenti legati al suo mestiere e alla carriera militare, da bambini e da ragazzi eravamo costretti a cambiare ripetutamente casa e città. Dovevamo ogni volta lasciare gli amici e, catapultati in un mondo sconosciuto, ricominciare daccapo, senza conoscere nessuno. Per questo stavamo sempre insieme. Il nostro legame si rafforzava sempre più grazie proprio a questo bisogno di proteggerci a vicenda. Anzi ero io, più grande di lei di quasi cinque anni, che la proteggevo.

La «coprivo» con mio padre se lui non voleva che si truccasse o uscisse con le amiche, e mi è capitato, da ragazzino, di fare a botte per strada con qualche coetaneo che le aveva rivolto apprezzamenti un po' pesanti.

Siamo rimasti molto legati anche da grandi. Dopo la morte di nostra madre Brunella, poi di nostro padre Antonio, abbiamo avvertito tutti e due un bisogno forte di stare vicini. Andavo quasi tutte le domeniche a trovarla, in campagna dove vive, fuori Roma, pranzavo da lei...

Abbiamo sempre parlato molto, ci siamo sempre confidati i nostri problemi.

Pucci. Pucci andava e veniva tutti i giorni, più di una volta al giorno, dall'ospedale. Con Carolina, quando era possibile. Lei era la forza, la sicurezza. È incredibile la tenacia che è riuscita a trasmettermi. La speranza che mi veniva da lei era affetto, amore, ma soprattutto ostinazione, il crederci contro ogni evidenza, contro ogni ragionevolezza, contro tutto ciò che dicevano le analisi mediche. Lei oggi mi ripete che con il cervello io ho vinto la mia battaglia, che è il cervello che governa il corpo, che nel cervello sta la forza. Non so se sia così. Ma se lo è, devo molto anche al suo cervello.

Solo una volta ci siamo trovati a piangere insieme. Lei era scoppiata in lacrime e mi aveva detto: «Alberto, io non ce la faccio più». E io: «Se crolli tu, io non ce la potrò mai fare, sei tu quella che dà forza a tutti». Aveva annuito. Era stato solo un momento di sconforto. Uno, in otto mesi.

Davanti alla Terapia intensiva c'era anche Francesca. Pucci mi aveva detto: «Alberto, anche se c'è lei, anche se adesso voi siete una coppia, non potrei mai abbandonarti. Voglio stare qui con te, a farti coraggio, soprattutto per Carolina».

Credo che i medici abbiano vissuto con qualche imbarazzo, all'inizio, la presenza di queste due donne contemporaneamente. Però non si sono mai fatti condizionare dall'attenzione morbosa dei giornali. E, almeno all'inizio, anche per me era fonte di sollievo sapere che, pur con grande fatica, là fuori andava tutto bene. I medici informavano sulle mie condizioni sia Lucetta, che Pucci, che Francesca. Certo, Pucci aveva un ruolo particolare, perché era medico e perché era stata lei a portarmi in ospedale. Ma questo non ha mai provocato alcun disaccordo.

8

A pezzi

Università Cattolica del Sacro Cuore
Facoltà di Medicina e Chirurgia "Agostino Gemelli"

*Cattedra di Chirurgia del Cuore
e dei Grossi Vasi*

Direttore: Prof. G.F. Possati

00168 Roma, 23/7/1998

Le condizioni generali e cardiocircolatorie sono in miglioramento.

La funzione respiratoria necessita ancora del sostegno della ventilazione meccanica.

Le condizioni neurologiche sono normali.

Persiste ancora insufficienza renale a diuresi conservata.

La prognosi rimane riservata.

Prof. R. Schiavello

Prof. G.F. Possati

Sono in una fabbrica abbandonata. La luce è grigia, tetra, filtra appena da alti finestroni chiusi. Manca l'aria, non si respira. Vedo il mio corpo aggirarsi per questo luogo tristissimo, desolato.

Una terra di nessuno, un confine. Probabilmente è questa una delle immagini che vediamo quando siamo così vicini alla misteriosa soglia della morte.

Ci sono pezzi di corpo umano sparsi dappertutto, su banconi di metallo. Sembrano veri, poi avvicinandomi mi accorgo che non sono di carne, ma di celluloide, tante bambole rotte.

Sono io quella bambola rotta, fatta a pezzi, dissanguata. Sono miei quei brandelli di corpo umano tagliati, vivisezionati... ridotti a plastica da quattro soldi.

Nella visione, non dormo mai. Il giorno e la notte non esistono. Solo questa luce tetra, sempre uguale. Una cosa sola so bene: che devo uscire, trovare l'uscita. A ogni costo. Ma è tutto chiuso. Percorro ossessivamente, meticolosamente i lati del capannone, li esploro con le mani, poi lo attraverso in diagonale, passo tra i banconi, la luce è troppo debole, sento l'orrore di quei pezzi di corpo, osservo me stesso aggirarsi in tutto quell'abbandono, quella solitudine. Mi prende lo sconforto. Ma ogni volta ritrovo la determinazione necessaria per continuare a cercare.

Fuori, sento Carolina che mi chiama.

Devo uscire, devo farcela.

Ce la farò, prima o poi, prima che le energie mi abbandonino del tutto.

Non so chi sono. So soltanto che Carolina, mia figlia, ha bisogno di me.

9

La signora che voleva regalarmi il cuore

Università Cattolica del Sacro Cuore
Facoltà di Medicina e Chirurgia "Agostino Gemelli"

*Cattedra di Chirurgia del Cuore
e dei Grossi Vasi*

Direttore: Prof. G.F. Possati

00168 Roma, 24/7/1998

Condizioni generali, neurologiche e cardiocircolatorie invariate.

Permane insufficienza respiratoria che necessita di ventilazione meccanica.

La prognosi rimane riservata.

Ulteriori comunicati saranno emessi soltanto in caso di variazioni significative del decorso.

Prof. R. Schiavello

Prof. G.F. Possati

Da quando sono arrivato al Gemelli, fin dalle primissime ore, scoppia il finimondo.

Di là dal vetro, nel corridoio, nell'atrio dell'ottavo piano, e giù, in cortile, c'è un'ininterrotta processione di gente, una marea di persone che vengono a chiedere mie notizie e a testimoniarmi affetto.

Nessuno può entrare, naturalmente, né raggiungermi in alcun modo. Io non sono nemmeno cosciente della loro presenza, sto disperatamente lottando con la morte, e gli echi di tutto ciò che accade fuori mi giungono molto attutiti. Ma loro stanno lì, a volte di passaggio, spesso per ore e ore, sotto il sole cocente.

Il termometro sale a 40 gradi. È l'estate più calda del secolo.

Arrivano subito i miei amici di Mediaset e della Rai: da Maurizio Costanzo a Clemente Mimun, Gigi Sabani, Giancarlo Magalli, Fatma Ruffini, Enrico Mentana, Michele Guardì e chissà quanti altri.

Ma c'è, soprattutto, tanta gente comune.

Che va, viene, ritorna.

Il centralino va in tilt.

Dopo qualche giorno, quando ritorno lucido, mi dicono che ho ricevuto il triplo delle telefonate arrivate al papa durante il suo ricovero qui al Gemelli.

Anche le lettere arrivano a migliaia. Non sono in grado né di leggerle né di farmele leggere. Vanno a riempire alcuni scatoloni che mi aspettano a casa. Se mai ci tornerò, a casa.

C'è chi manda regali ai medici, chi elargisce consigli.

Ci sono persone disposte a donare il rene senza nemmeno sapere se ne ho bisogno.

È così da metà luglio a settembre. Poi un po' di tregua, in attesa di una nuova ondata, a Natale. I primi giorni di tranquillità vera l'ospedale li vivrà solo poche settimane prima che io me ne torni a casa.

Ne capitano davvero di cotte e di crude. Il giorno del mio terzo intervento consecutivo, il 20 luglio, muore l'ex direttore del «Corriere della Sera» Cavallari. Abbiamo le stesse iniziali, anzi lui si chiamava Alberto come me. Una radio annuncia che è morto il giornalista Alberto Castagna. La notizia si diffonde immediatamente. Il centralino del Gemelli impazzisce.

Poi c'è la macabra gaffe di Canale 5. Durante una trasmissione del pomeriggio, esce in sovrimpressione questa scritta: «Avete problemi di cuore? Scrivete a *Stranamore*». È la pubblicità per la ripresa di settembre, ma in quelle ore io sto lottando con la morte! La televisione a volte è scoordinata, ha tempi tutti suoi, e molte cose funzionano, come dire, «in automatico». Ma c'è un limite a tutto.

Quando mi rendo conto del putiferio che ho scatenato, un po' sono contento: la popolarità, l'affetto fanno piacere e sono ulteriore fonte di forza. Ma tutto questo mi ricorda anche che sono un malato davvero grave, uno che sta rischiando la pelle ogni minuto.

Il televisore che a un certo punto arriva davanti al mio letto in Terapia intensiva mi fa un po' lo stesso effetto della gente che staziona al Gemelli. Tocco con mano la mia popolarità, ma nello stesso tempo ascoltare dal telegiornale che sei in punto di morte non è una bella esperienza.

Una signora riesce a intercettare il dottor Cellini e a dirgli: «Se vuole il mio cuore, eccolo. Io non ho scopo nella vita».

Un giorno d'agosto arrivano due donne. Hanno portato anche i loro bambini. Il più grande avrà sì e no tre anni. Sono partite così, la mattina, da Napoli, in treno, con il caldo, i disagi, solo per vedere un ospedale dal di fuori. Eppure sono lì e non ne vogliono sapere di tornare a casa.

Una donna staziona da qualche giorno nel corridoio. Finalmente si avvicina a Pucci e le dice: «Suo marito ha una fattura di morte, ma guarirà e si rimetterà con lei». Pucci non crede a queste cose, anzi. Ma la donna insiste, e d'altra parte Pucci – come tutti quelli che seguono trepidanti le mie sorti in quei giorni – è disperata. La donna le dice di essere in contatto con monsignor Milingo. Il numero di cellulare che dà ai miei familiari si rivela esatto. Èd è così che un giorno vedo entrare in Terapia intensiva un prelato di colore che comincia a fare strani gesti, una lunga liturgia. Per un attimo penso sia giunta la mia ora e che quella sia l'estrema unzione. Invece è l'arcivescovo Emmanuel Milingo, il più famoso esorcista del mondo, tutto intento a liberarmi dalla possessione demoniaca della quale, secondo lui, sono preda e che sarebbe la fonte di tutti i miei guai.

Ci sono poi le storie commoventi, quelle che davvero non potrò mai dimenticare.

Come la lettera di due fratellini di otto anni che mi mandano i loro risparmi «perché tu possa guarire». Nella busta, sette biglietti da mille lire!

O la storia di Filomena. Ogni giorno, ma proprio tutti i giorni, arriva un fax da Torino. È di una ragazza di diciannove anni costretta su una sedia a rotelle. Voleva mie notizie, e io chiedevo al dottor Cellini di risponderle per me. Lui tutti i giorni le raccontava, al telefono, cosa avevo fatto. Naturalmente non era possibile andare avanti così per sempre. Un giorno chiama la madre e dice a Cellini: «Perché da una settimana non si fa sentire? Mia figlia non mangia più». Allora Cellini le telefona e lei ricomincia a stare bene. Poi, un giorno, Filomena viene a trovarmi. Piangevamo entrambi per l'emozione. Si era sempre rifiutata di fare gli esercizi di riabilitazione. Io le dico: «Se mi prometti che li farai regolarmente, io pure li farò e guarirò». Si è messa davvero a farli, e ora sta meglio.

Anch'io ho mantenuto la promessa.

Nam-Myo-Ho-Renge-Kyo-Nam-Myo-Ho-Renge-Kyo-Nam-Myo-Ho-Renge-Kyo-Nam-Myo-Ho-Renge-Kyo-Nam-Myo-Ho-Renge-Kyo-Nam-Myo-Ho-Renge-Kyo-Nam-Myo-Ho-Renge-Kyo-Nam-Myo-Ho-Renge-Kyo...

C'è un'intera comunità di buddhisti nel corridoio dell'ottavo piano. Un bel gruppo di persone che staziona in permanenza lì e recita per me un mantra del buddismo giapponese, cinque suoni uno attaccato all'altro ripetuti cento, mille volte come una sola lunga parola: un'invocazione dolce e cantilenante per dare pace allo spirito provato dall'attesa.

Nam-Myo-Ho-Renge-Kyo-Nam-Myo-Ho-Renge-Kyo-Nam-Myo-Ho-Renge-Kyo-Nam-Myo-Ho-Renge-Kyo-Nam-Myo-Ho-Renge-Kyo-Nam-Myo-Ho-Renge-Kyo-Nam-Myo-Ho-Renge-Kyo-Nam-Myo-Ho-Renge-Kyo...

10

Il cigno innamorato

La Terapia intensiva è davvero un universo parallelo.

Nella mia mente, adesso, il passato si mescola, si sovrappone al presente. Anche pensando alla gente che è lì fuori per me, mi rendo conto che molte delle cose che mi sono capitate o che ho scelto di fare sono state precedute come da un «segno».

Passato e presente. Presente e passato nel tempo fermo di questa stanza d'ospedale.

Scendo dal camper di *Stranamore* in un paesino della Sicilia. Ci sono tremila persone che cantano in coro: «Sei un mito, sei un mito». Ho voglia di piangere.

Sono un bambino. A Civitavecchia c'è il Festival di San Romolo. Io mi esibisco davanti a tutta quella gente imitando Bobby Solo...

Ho diciotto anni e sono a Torino. Mi sono iscritto a Medicina per fare contento mio padre. Rimango due anni, con gli esami me la cavo bene. Ma non fa per me. Non tanto la facoltà, quanto il mestiere, dopo. Non voglio fare il medico. Non mi piace, mi fa paura. Lascio, con gran dispiacere di papà. Torno a Trieste e mi laureo in Scienze politiche. Ma io voglio fare il giornalista. Ho la cronaca nel sangue. Un mestiere romantico, avventuroso.

È quello il mio sogno: raccontare alla gente i grandi eventi. Quando arrivo a fare l'inviato al Tg2, ciò che provo è una sensazione di gratitudine, privilegio, onore. Non quella di un successo professionale. Nemmeno la popolarità, nemmeno i fan, nemmeno i dieci milioni di telespettatori che guardano tutte le settimane *Stranamore* mi impediscono di sentire un po' di nostalgia: quando vedo i miei ex colleghi partire per documentare un avvenimento importante, è come se un amico avesse organizzato una festa e non mi avesse invitato.

Sono un ragazzo del ginnasio. Leggo più giornali possibile. Più ne trovo, più ne leggo. Mi piace mettere a confronto le diverse versioni di uno stesso fatto, mi appassiona leggere il racconto dello stesso episodio fatto da giornalisti diversi. A quattordici anni non perdo un telegiornale, i miei coetanei non sono certo così.

In italiano vado forte, ho uno stile asciutto, essenziale. Mio nonno paterno, che si chiama Alberto come me, è generale di artiglieria a Caserta e insegna latino e greco alla scuola militare. Non fa che ripetermi: «Per come scrivi tu, potresti fare il giornalista».

Il quotidiano di Trieste è «Il Piccolo». Io abito a Trieste e voglio fare il giornalista.

«Voglio fare il giornalista, l'avete capito o no?» Al «Piccolo» non mi fanno neanche entrare. Ma io, lì davanti tutte le sante mattine che Dio manda sulla terra. E allora, per esasperazione, per togliermi definitivamente di torno, il direttore Chino Alessi un giorno mi dice: «Vai in giro per la città e portami tre cartelle con un bel servizio di cronaca entro le otto di stasera».

Comincio a camminare, ma non so dove sbattere la testa. Non so neanche da dove si comincia. Il vuoto.

Mi fermo a mangiare un panino ai giardini pubblici. C'è un bellissimo cigno nel laghetto, gli tiro le briciole. Lui niente. Immobile. Indifferente. Avverto il custode. Mi risponde: «Sono cinque giorni che non tocca cibo. È malato di nostalgia, malato d'amore. Hanno portato via la sua compagna e lui si sta lasciando morire d'inedia». Scrivo un pezzo così commovente che il direttore decide di pubblicarlo in prima pagina e di assumermi. In più, si scatena un vero e proprio movimento popolare per la riunificazione della coppia di cigni. La femmina viene riportata al laghetto, e il maschio ricomincia a mangiare, contento come una Pasqua.

Sono poco più che un ragazzo. È il mio primo articolo. Il primo caso risolto dal Dottor Stranamore.

11

Il Dottor Stranamore ha problemi di cuore

Un giorno di febbraio del 1998, un giorno di pioggia, dalle parti di piazza del Popolo, a Roma, in taxi, racconto a un amico, al telefono, tutta la mia paura. Il taxista mi dice: «A dotto', nun se preoccupi. Se l'è fatto pure Svarzenegghe... Però, in effetti, lei nun c'ha er fisico».

Da un anno e mezzo mi trascino problemi di cuore.

All'inizio del 1997, prima di registrare una puntata di *Stranamore*, mi prende un dolore fortissimo alla gamba. Non la posso muovere, tanto mi fa male. Il dolore non passa neanche dopo un'iniezione. Allora telefono a un amico pranoterapeuta, Carlo, che si precipita negli studi di Canale 5. Mi passa le mani sulla testa e sul corpo, il dolore svanisce. Lui mi dice: «Non è la gamba che mi preoccupa, ma il cuore». Io: «Figurati, non ho mai avuto niente». Invece mi veniva il fiatone a fare le scale...

Una lunga trafila di indagini cliniche stabilisce che

c'è qualche problema alla valvola aortica. Prima o poi andrà sostituita. Io penso: meglio poi. E rimando, rimando. Ma dai primi mesi del 1998 le cose cominciano a peggiorare: lavoro con sempre maggior fatica, il cuore risulta dilatato. Mi convinco. In estate andrò a farmela cambiare, questa benedetta valvola. Al San Matteo di Pavia, il 29 giugno.

Cominciano le battute. A *Stranamore* cercavo di risolvere «problemi di cuore», e capitava che dicessi a qualcuno dell'intervento. Loro mi rispondevano, invariabilmente: «Ah, vede che ce li ha anche lei i problemi di cuore!».

Io avevo problemi di cuore, ma soprattutto PAURA. Mio padre era morto d'infarto, e così il padre di Pucci, la stessa notte, a un mese di distanza l'uno dall'altro.

Scrivo una lettera a Carolina e l'affido a un amico avvocato perché gliela consegni nel caso mi capiti qualcosa. Nel biglietto le dico: «Scusami per averti trascurata. Ti amo da morire. Se mi succederà qualcosa, ti proteggerò dal cielo».

Questa lettera non esiste più. Fortunatamente ho potuto strapparla.

Arrivo a Pavia la sera precedente il ricovero, due giorni prima dell'intervento, accompagnato solo dal mio segretario, Corrado. Francesca era tutta presa dal suo lavoro.

Mi attacco al telefono, chiamo Pucci, parlo con Carolina.

«Papà, non ti preoccupare, andrà tutto bene.»
«Promettimi che verrai a trovarmi.»
«Sì.»
L'albergo è tristissimo, proprio di fronte all'ospedale.
Non chiudo occhio per tutta la notte. La mattina, entrando, la gente che sta lì mi fa festa.
Pucci era arrivata alla chetichella, senza dirmi niente. Me la ritrovo al risveglio. Le chiedo di soffiarmi il naso, lei ride: «È il sondino che ti dà fastidio, non c'è niente da soffiare».
Mi dimettono nel giro di pochi giorni.
Tutto bene, apparentemente.

Rimango una settimana in una clinica di Milano, la San Camillo. Per riprendermi. Ma comincio a smaniare, voglio andare via, tornare a Roma. Anche se non sto poi così bene. Nonostante gli esami del sangue rivelino la presenza di un'infezione, il giorno 13, lunedì, torno a casa.

Penso al lavoro, stavamo progettando tre puntate speciali di *Stranamore* in America, a Brooklyn. Ma penso soprattutto alle vacanze, al mare, a Sabaudia. Ricomincio la mia vita normale. Mi alzo presto, alle sette, assaporo il sole dalla terrazza, vado al mio ufficio ai Parioli, leggo i giornali, faccio una passeggiata, due chiacchiere con la fioraia, pranzo da Celestina, torno a casa.
Il pomeriggio lo passo con Carolina. Facciamo di-

segni bellissimi. Qualche sera ceniamo insieme, qualche sera esco. E torno tardi.

Penso continuamente al mare.

Ho comprato due canne da pesca nuovissime, speciali.

Sono ancora lì che mi aspettano.

12

Navi, onde

Voglio uscire da qui, andarmene lontano da questo bosco in cui mi sono perduto, come in una fiaba cattiva.

E quando uscirò chiederò al mare di guarirmi.

Il mare che mi è rimasto negli occhi e nel cuore fin da bambino, quando vivevo a Civitavecchia e andavo tutto solo a spiare onde e navi o, con mio padre, a pescare sul molo.

Tornavamo a casa e mia madre cucinava il pesce fresco che le avevamo appena portato.

Il mare è questo ricordo d'infanzia, ricordo tenero, perché mio padre, un tenente colonnello dall'aspetto un po' burbero, in realtà era un uomo dolcissimo, che mi viziava, coccolava, proteggeva. Nella mia vita, le disgrazie, i lutti sono arrivati quando ero già adulto e avevo spalle più solide per sopportarli.

A Civitavecchia era nata la mia passione per la pesca e per le barche. Adesso ho una collezione di pezzi di navi antiche: targhe, una tromba da nebbia dell'Ottocento. Quando sfasciano una nave, io sono lì a vedere se posso portarmi a casa qualche pezzo interessante.

Il mare. Il mare che avevo ritrovato a Trieste, dove avevo una barca sulla quale passavo quasi tutto il mio tempo libero.

Riesco a stare un giorno intero al mare, in acqua, senza avere voglia di vedere nessuno, senza sentire né fame né sete.

Non vedo l'ora di sdraiarmi al sole, tornare in barca.

So che là fuori Sabaudia mi aspetta, come ogni anno. Con i suoi dieci chilometri di spiaggia. Con le case nascoste fra le dune e la macchia mediterranea.

Esco dal porto e mi allontano alcune miglia. Altre volte lascio che la barca costeggi lentamente la riva, occhieggi le tre isole – Ponza, Zannone, Palmarola –, si lasci alle spalle il monte Circeo. Io tengo ben teso il filo e aspetto.

Il mare è il mio elemento naturale. Il mare nutre la mia anima e il mio corpo.

È bello stare ore e ore con la lenza in acqua, solo con i tuoi pensieri. Solo con i miei pensieri. Come lo sono adesso, ore e ore. Ma senza i riflessi dorati dell'acqua. Con un letto d'ospedale per barca e come sole una luce al neon.

13

Come un esercito in rotta

UNIVERSITÀ CATTOLICA DEL SACRO CUORE
FACOLTÀ DI MEDICINA E CHIRURGIA "AGOSTINO GEMELLI"

*CATTEDRA DI CHIRURGIA DEL CUORE
E DEI GROSSI VASI*

Direttore: Prof. G.F. Possati

00168 Roma, 27/7/199

Le condizioni generali del paziente, che nella giornata di ieri avevano permesso di completa lo svezzamento dal respiratore consentendo la respirazione spontanea per alcune ore, si son improvvisamente aggravate per l' insorgenza di uno stato settico.

In conseguenza di ciò si è verificato un peggioramento della funzione cardiocircolatori respiratoria e renale, che ha di nuovo richiesto il supporto della ventilazione meccanica l'incremento dei presidi farmacologici in atto.

Attualmente le condizioni suddette permangono stazionarie, persiste lo stato di sepsi.

La prognosi permane riservata

Prof. R. Schiavello

Prof. G.F. Possati

È passato un secolo da quel sabato 18 luglio.

Oggi è domenica, giorno di Sant'Anna, 26 luglio.

Sono trascorsi solo otto giorni dal mio arrivo al Gemelli.

I primi quattro passati in sala operatoria. Nonostante questo, i medici giudicano tali i miei miglioramenti che decidono di «stubarmi», insomma di staccarmi dal respiratore artificiale. Mi tolgono finalmente quel tubo e quella mascherina che mi fanno sembrare un astronauta e io ritrovo l'emozione di respirare da solo.

Sono davvero felice, sorridente, faccio a tutti con il pollice il gesto un po' americano del «ce l'abbiamo fatta».

Cinque ore dopo, la disperazione.

Ho la febbre alta, la pressione bassissima. Perdo conoscenza. I germi attaccano in massa il mio corpo, senza risparmiarne un centimetro. Un'infezione generalizzata invade come un'ondata terribile tutto il mio organismo e lo sconvolge, lo sconquassa.

Devono riattaccarmi al respiratore, fare esami su esami. L'insufficienza cardiocircolatoria è grave. Di nuovo terapia durissima: adrenalina, dopamina, farmaci antishock. È un miracolo che io non muoia nel giro di poche ore. Ma ormai i miracoli non si contano più.

Lo shock settico è quasi sempre mortale, anche in organismi meno provati del mio.

Come è potuto succedere?

L'intestino. È lì che salta ogni barriera difensiva ed è da lì che i germi dilagano.

Immagino una guerra d'altri tempi, una specie di Caporetto, quando improvvisamente si apre una breccia nel fronte e da quel cedimento si arriva in un attimo alla disfatta, con gli invasori che non trovano più resistenza e possono impadronirsi in breve tempo di un intero paese.

A me capita la stessa cosa. Solo che, invece di guerra, si chiama «sepsi», infezione generalizzata.

Dopo un'invasione, rimane sempre qualche focolaio di resistenza agli aggressori. Nel mio caso, a tenere accesa ancora una volta la speranza sono gli antibiotici. Di tutti i tipi, in quantità massicce. Antibiotici che mi salvano la vita, ma che sono tossici per il rene. Ed è proprio il rene che, alla fine, cede.

Comincia anche la dialisi. Quarantacinque sedute durante la degenza in Terapia intensiva, ma la dialisi è un regalo che porterò con me anche una volta uscito dall'ospedale, uno di quei regali che ti accompagnano per sempre. Quello con la dialisi è un matrimonio d'interesse. Fughe e tradimenti si pagano con la vita. Frequenterò la mia nuova «compagna», la macchina che mi ripulisce il sangue, tre volte la settimana. Prima imparerò a conviverci, meglio sarà.

Ho subìto quattro interventi in quattro giorni, l'ultimo il 21 luglio, appena cinque giorni fa, e meno di un mese fa, il 29 giugno, mi è stata sostituita la valvola aortica. Cinque interventi tremendi in meno di un mese. Ma non è tanto o solo un numero così alto di operazioni in un pugno di giorni, sono le trasfusioni, l'ipotermia profonda, l'ischemia, la sepsi, è tutto questo insieme che rende la mia situazione più che critica, impossibile: gravissimi problemi di coagulazione del sangue, problemi al cuore, alla respirazione, ai reni, allo stomaco, al fegato, all'intestino. L'ischemia midollare è stata per fortuna transitoria, ma alcuni organi, appunto intestino e rene, sono danneggiati per sempre.

Ora che è cominciato l'attacco in massa, adesso che è arrivato anche lo shock settico, è importante rallentare tutte le mie funzioni vitali per farmi risparmiare ogni goccia di energia.

Sono in un dormiveglia continuo.

14

Per le braccia

UNIVERSITÀ CATTOLICA DEL SACRO CUORE
FACOLTÀ DI MEDICINA E CHIRURGIA "AGOSTINO GEMELLI"

*CATTEDRA DI CHIRURGIA DEL CUORE
E DEI GROSSI VASI*

Direttore: Prof. G.F. Possati

00168 Roma, 28/7/1998

Le condizioni generali del paziente sono invariate rispetto a ieri.

Permane lo stato di sepsi che al momento appare sotto controllo.

La prognosi permane riservata.

Prof. R. Schiavello

Prof. G.F. Possati

Trascino il mio corpo inanimato fuori da un luogo denso di pericoli. Vedo me stesso prendermi per le braccia e con grande sforzo adagiare il mio corpo per terra. Non so bene dove, ma fuori.

In mezzo alla strada, cerco in tutti i modi di rianimarlo. Con la respirazione bocca a bocca, con il massaggio cardiaco. Passa parecchio tempo, ma a un certo punto «lui» si alza e si allontana, perfettamente cosciente e in grado di reggersi da solo.

Quante volte ho avuto questa visione! Ma adesso, se non altro, quando mi sveglio, capisco che è stato solo un sogno. E poi, anche se prevalgono l'angoscia, la fatica di rianimarmi e la paura di non riuscirci, capisco quanta speranza, quanta forza, quanta fiducia ci sia in quel sogno.

E quanta consapevolezza: io posso farcela. Devo farcela, e farcela da solo. Tocca a me tirarmi fuori, guarire, tornare a vivere.

Se ci metterai tutto l'impegno necessario, mi suggerisce il sogno, un giorno scenderai dal letto e uscirai dall'ospedale con le tue gambe.

15

Patto di morte

UNIVERSITÀ CATTOLICA DEL SACRO CUORE
FACOLTÀ DI MEDICINA E CHIRURGIA "AGOSTINO GEMELLI"

*CATTEDRA DI CHIRURGIA DEL CUORE
E DEI GROSSI VASI*

04.08.98
00168 Roma,

Nella giornata di ieri, a seguito dell'evoluzione peggiorativa dell'ischemia intestinale conseguente alla dissezione aortica, il Dott. Castagna è stato sottoposto ad una laparotomia esplorativa dal Prof. Giorgio Maria dell'Istituto di Clinica Chirurgica.

In presenza di un tratto intestinale chiaramente ischemico è stata eseguita una resezione intestinale.

Attualmente le condizioni cardiocircolatorie sono stabili, persiste l'insufficienza renale e lo stato settico appare sotto controllo.

La prognosi rimane riservata.

Prof. Gianfederico Possati

Prof. Rocco Schiavello

Il 3 agosto mi riportano in sala operatoria. Dalle sette di sera a mezzanotte. Quinto intervento in quindici giorni, senza considerare Pavia.

Ci sono punti necrotici, morti, sulla parete intestinale. Il colon dev'essere asportato, pena il rischio, la certezza della perforazione dell'intestino.

Si tratta di una mutilazione vera, che, oltre a nuove complicazioni, mi porta altre sofferenze. Fisiche ma, questa volta, soprattutto psicologiche. Mi sento umiliato. Ma nemmeno adesso mi arrendo.

No. E non lo so neanch'io da dove salti fuori tutta questa forza per continuare a lottare, a combattere oltre l'immaginabile. Non è puro spirito di sopravvivenza, passiva potenza della vita contro la morte. Questo è chiarissimo a me e a tutti coloro che mi stanno intorno. Il resto è mistero.

Devo scontare l'inferno qui, sulla terra, per i miei troppi peccati, o sono un prediletto da Dio, e per questo sottoposto a prove sempre più dure e che non finiscono mai?

Non sono passati due giorni, ed eccomi, di nuovo, sotto i ferri. Per altre tre ore. Per il sesto intervento.

È la mattina del 5 agosto. Devo subire una tracheotomia. Mi praticano un'apertura alla trachea per prevenire le complicazioni di un'intubazione prolungata e per diminuire il lavoro respiratorio che grava sul cuore. Si elimina la fatica della respirazione da naso e bocca e si riduce il rischio di polmoniti e broncopolmoniti.

Ci sarà un settimo intervento, l'11 novembre. Questa volta nel tardo pomeriggio, quattro ore. Piccolo, apparentemente. Devono confezionarmi una fistola all'avambraccio destro per facilitare la dialisi. Ma è la classica goccia che fa traboccare il vaso. Non ne voglio sapere, non ce la faccio più. Mi ribello. «Non ci vado in sala operatoria, basta, lasciatemi morire in pace.»

Mando via tutti, li faccio uscire. Voglio rimanere solo.

Dopo un po' rientra Pucci. Non l'avevo mai vista così. Determinata più del solito, e nello stesso tempo stanca della mia stessa stanchezza. Le leggo in faccia che ha in mente qualcosa di molto speciale, di definitivo.

Si avvicina al letto e mi dice: «Alberto, è una vita di merda, hai ragione hai ragione, *ma è una vita*».

Reagisco male, sono troppo stanco, troppo avvilito. «Non me ne frega niente.»

«Tua figlia ti aspetta.»

E mi racconta che Carolina, un giorno, l'ha sentita parlare dell'ipotesi che io potessi rimanere paraplegico. Ovviamente non si era accorta che la stesse ascoltando. Carolina arriva e dice: «No, non è vero che è meglio che muoia. Anche su una sedia a rotelle, è sempre il mio papà. Potremo fare un sacco di cose insieme, vedere la televisione, disegnare».

«Lei, come te» mi dice Pucci «progettava comunque la vita, una vita insieme, a qualunque condizione.»

Io mi calmo un po'. Ma non è su questo che punta Pucci per convincermi a lottare ancora, a resistere, a non cedere proprio adesso.

Mi dice: «Facciamo un patto. Fra me e te. Non lo saprà nessuno. Proviamo. Prova. Vediamo: se sarà davvero una vita di merda, ti giuro solennemente che non ti costringerò a subirla. Ti aiuterò io a...».

La guardo sconcertato.

«Promesso?»

«Promesso.»

«Soffrirei?»

«Assolutamente no.»

«Ma tu passeresti un guaio.»

E abbiamo fatto questo patto di vita e di morte.

Sulla barella, mentre mi portano in sala operatoria, le sussurro ciò che solo noi due possiamo capire: «Hai promesso».

Ma nel momento stesso in cui lo diceva, dentro di me sentivo che non l'avrebbe mai fatto.

16

Sulla sedia a rotelle?

UNIVERSITÀ CATTOLICA DEL SACRO CUORE
FACOLTÀ DI MEDICINA E CHIRURGIA "AGOSTINO GEMELLI"

CATTEDRA DI CHIRURGIA DEL CUORE
E DEI GROSSI VASI

00168 Roma,

Bollettino del 06/08/98

Le condizioni generali del Dott. Castagna sono in miglioramento.
Il decorso pos-operatorio relativo all'intervento addominale è regolare.
I parenti più stretti sono stati autorizzati a stargli vicino.
La prognosi rimane però riservata.

Prof. G.F. POSSATI

Prof. R. SCHIAVELLO

Macchine che respirano macchine che ripuliscono il sangue macchine che ti alimentano. E luci suoni allarmi monitor tracciati elettronici spie che si accendono spie che si spengono. La Terapia intensiva è la stanza di controllo della Nasa, un bunker nucleare. Tutto, comunque, meno che un luogo di riposo e di quiete. Tutto meno che un luogo tranquillizzante. Uno se lo immagina sempre buio, con le luci soffuse, e invece è spaventosamente luminoso.

Ogni minuto un rumore, un segnale d'allarme. Ogni volta che sento un campanello, e magari è semplicemente finito un flacone di flebo, mi terrorizzo. Penso: tocca a me.

Oppure si mette improvvisamente a sanguinare la ferita a qualcuno. Sono sempre spaventatissimo.

Spesso vedi un medico armeggiare attorno a un letto, e quel letto magari è il tuo.

In Terapia intensiva sei «monitorato» ogni minuto, ogni secondo. Non hai bisogno di chiamare. E neanche puoi. Non hai il campanello. Il campanello suona da solo. Io sono così pieno di fili, fili dappertutto, sulle gambe, le braccia, il torace, che, se di notte mi muovo appena un po' più del solito, suona l'allarme. Non faccio in tempo a svegliarmi che l'infermiera è già lì. C'è un'infermiera solo per te. Si accorgono loro di tutto.

Ma non mi basta. A volte tutta questa attenzione non è sufficiente. Puoi avvertire un problema che le macchine non segnalano, avere un attacco di panico, un bisogno qualunque, impellente, più importante e urgente della tua stessa vita, fosse solo un prurito o la necessità di muovere il cuscino, spostare la testa di un centimetro. È una fatica, uno strazio. E non poter chiamare è angoscioso. Così, mia nipote Marianna, la figlia di Lucetta, un giorno mi porta una bandierina. Sì, una bandierina gialla. Quando voglio attirare l'attenzione, la agito freneticamente. E se non la vedono subito, mi prende lo sconforto.

Questa bandierina non è affatto un gioco divertente. L'ho lasciata là, in ospedale. L'ho regalata a un'infermiera, Marisa.

Poi c'è il dolore. Di giorno quasi non lo sento, ma la notte sì. Rimani da solo, con l'infermiera accanto al letto. Niente più visite, esami clinici, niente più televisione. Hai tempo per ascoltarlo, il dolore. Io sentivo dolori al petto, fortissimi.

Dormo pochissimo.

Il tempo non passa mai. E sembra non succeda niente di niente. Vivo come sospeso nel vuoto, in uno stato di totale dipendenza. Oltre alle terapie e a esami continui, mi lavano e mi cambiano come un bambino, tre, quattro volte al giorno. Un infermiere mi fa la barba, mi regola il pizzetto che ho voluto tenere per un po'.

Sei letti, in quella stanza perennemente illuminata al neon, letti che vedo solo con la coda dell'occhio, così come i macchinari, i fili, i tubi.

Un bell'inferno, addolcito dagli infermieri e dai medici, primo fra tutti il professor Rocco Schiavello, colui che sta sulla tolda di questa nave di dannati. Incredibile medico, il professor Schiavello. La sua gioia è «tirare fuori i morti», come dice lui. A vederlo, sembra quasi che trattenga i suoi malati a forza di braccia, che lotti con ogni mezzo, con tutte le forze per far rimanere al di qua del confine chi sta per attraversare la soglia della vita.

Soprattutto all'inizio vivi unicamente aspettando quell'ora in cui Lucetta, Pucci possono entrare, portarti notizie di Carolina, trasmetterti il loro affetto, calore, forza. Quell'ora diventa tutto il tuo mondo.

Di giorno ascolto i telegiornali. Appena ce la faccio, comincio a vedere film in videocassetta, anche due per sera. Mi tengono compagnia Totò, Verdone, Nanni Moretti. O Rambo. Non che io pensi di essere un supereroe. Mi identifico con lui perché non si arrende mai e alla fine la spunta sempre, anche nelle situazioni più disperate. Come la mia.

L'infermiera mi ripete: «Se non ti aiuti da solo, non ce la farai. Ma puoi farcela. Le medicine arrivano fino a un certo punto». Così Lucetta, così Pucci, così i medici.

Sono massacrato da questi pensieri: ce la farò? non ce la farò? dipenderà davvero da me?

Però, al fondo, c'è sempre questa voglia di lottare, di tirarmi fuori a tutti i costi, anche quando sono convinto che non tornerò più quello che ero, pensiero che mi tormenta più di tutti, che a tratti mi fa impazzire.

Non sapevo, davvero, di avere dentro questa forza. Che ha sconvolto tutti. Me per primo. Qui bastano poche settimane perché in un paziente si sviluppino ossessioni, deliri. In genere, dopo un po' uno si sente oggetto di persecuzione, sequestrato.

Pucci e il professor Schiavello hanno deciso di dirmi sempre tutto, di non nascondermi nulla; non mi hanno mai allarmato, ma la situazione, le difficoltà, i rischi me li hanno sempre detti. È stata una scelta giusta, importante. Questo, paradossalmente, mi rassicurava e mi obbligava a impegnarmi con tutte le mie forze.

I medici dicono che un crollo psicologico mi avrebbe ucciso. Non per modo di dire. E che ho dimostrato una volontà di ferro, impegno, dignità. Che li ho sempre aiutati moltissimo a guarirmi. Si sono un po' innamorati di me, sono stato il loro paziente-modello, non il paziente-famoso. Li ho sorpresi. La mia vita adesso è anche il loro più grande successo nella sfida quotidiana alla morte che costituisce il loro mestiere, e qualcosa di più di un mestiere.

C'erano delle mattine in cui mi svegliavo con una gran voglia di fare, di lavorare...

Sono sempre rimasto lucido. Non solo ho lottato con tutte le forze per tornare a vivere, ma ho di fatto ricominciato a vivere. Ho preso decisioni piccole e grandi, ho cominciato a costruire la mia nuova vita. Non sapevo ancora se Dio me l'avrebbe concessa, una seconda vita, e già dicevo: la voglio vivere così e così.

E io che mi ero sempre considerato un tipo pauroso! Un ago, una siringa mi facevano paura. E le malattie riguardavano sempre gli altri, con me non aveva niente a che fare.

Non ho mai pensato tanto in vita mia. Pensavo a me *dopo*, dopo tutto questo caos, ammesso che ci sarebbe stato, un *dopo*.

Pensavo che non avrei parlato più, mangiato più in modo normale. Ma l'incubo vero erano le gambe. Ero convinto che, se fossi uscito vivo, sarei comunque rimasto paralizzato su una sedia a rotelle.

Che emozione metter giù le gambe per la prima volta dal letto! Ma prima devo attraversare lo stadio della fisioterapia passiva: due volte al giorno Gabriella, la fisioterapista, viene a muovermi le gambe e le braccia. Mi sento – non saprei come descriverlo diversamente – «aggrovigliato».

La mia rinascita in Terapia intensiva comincia proprio dalle gambe, e comincia abbastanza presto. Dovrò invece aspettare che mi stacchino dal respiratore, oltre metà settembre, per cominciare la riabilitazione che mi permetterà di tornare a parlare e a deglutire.

Viene finalmente il giorno in cui posso scendere dal letto. Ho paura di non riuscire a stare in piedi. La fisioterapista: «Dai, Alberto, che ce la fai; stai dritto con la colonna vertebrale, se vuoi ce la fai». Dunque mi alzo e mi gira la testa, o forse è la stanza che gira vorticosamente attorno a me. Ma non cado. E rimango fermo così, senza l'aiuto di nessuno. Mi sorreggo alla spalliera del letto. Poi alla fisioterapista, che mi prende per le braccia e mi fa fare due passi. Poi tre... Sono queste piccole, grandi cose le più difficili e le più importanti per ricominciare a vivere. Quando riesco a fare il giro del letto quasi senza appoggiarmi a lei – e, naturalmente, trascinandomi il tubo del respiratore cui sono perennemente attaccato –, mi sembra di sognare.

Non sono un invalido, mi ripeto per darmi forza. E mi impegno moltissimo negli esercizi. La prima «passeggiata» – l'attraversamento di tutta la Terapia intensiva, sai che viaggio, ma per me era la luna – la faccio poco prima di Natale. Percorro i quattro lati della Terapia intensiva da solo, appoggiandomi soltanto alle stampelle.

Quando verrò trasferito in reparto, farò un paio di lente passeggiate al giorno, lungo il corridoio, sempre appoggiandomi alle stampelle.

17

Orologi

Colleziono orologi da una vita. Una grande passione per questi oggetti che mi affascinano, ma anche un esorcismo contro il tempo.

Collezionare orologi significa per me cercare di possedere il tempo, di fermarlo. Mentre qui, ora, vorrei che il tempo andasse veloce, scorresse molto più in fretta, mi portasse al più presto fuori, a un'altra stazione, meno dolorosa, della mia vita. Paradossale legge del contrappasso.

Il primo orologio me l'ha regalato mio nonno Dante, il nonno materno, che aveva terre in Val di Chiana, in Toscana, dove io passavo molte delle mie estati da ragazzo. «È un orologio importante, tienilo tu» mi aveva detto un giorno regalandomi un vecchio orologio inglese, dei primi del Novecento, d'oro, con il quadrante di porcellana. E io ne ero stato così fiero...

Ho cominciato così, poi ho continuato con le bancarelle e i mercatini, e alla fine sono passato agli esperti, ai commercianti di orologi antichi.

Mio nonno Dante aveva tre bastoni da passeggio molto belli, uno con l'«anima», come si dice, cioè con la sciabola nascosta dentro, estraibile, come si usava nell'Ottocento. A quindici anni glieli invidiavo molto. Da adulto ho riscoperto questa passione e mi sono messo a collezionare bastoni con l'anima: uno che nasconde la sciabola, un altro una canna da pesca, uno la dama, uno gli scacchi...

Qui in ospedale non ho voluto orologi. Sarebbe una tortura scoprire che, invece di due ore, sono passati solo due minuti. Sì, tortura inutile. Però penso spesso a quei settantotto pezzi rari, qualcuno da tasca, qualcuno da polso, che sono là, a casa, anche loro ad aspettarmi, quando per me il tempo tornerà a scorrere un po' più normalmente.

Intanto anche agosto è passato. Per quanto tempo dovrò stare qui? Chi la vincerà fra la mia voglia di vivere e questa morte che mi sta addosso e sembra volermi a tutti i costi adesso, impaziente, chissà perché?

L'ho già detto. Se vivrò, voglio, anche se può sembrare impossibile da un letto di Terapia intensiva, cominciare a farlo subito. Qui. Adesso.

Il 4 settembre è il compleanno di Carlo Cellini. Cellini non è più solo il chirurgo che mi ha operato, ormai è un amico per me, come per le persone che mi sono state costantemente vicine.

Se fossi a casa, mi piacerebbe fare una cena con

Carlo, sua moglie, i miei familiari. Decido di organizzarla ugualmente, da questo letto.

Non posso ancora parlare. Utilizzo ancora l'alfabetario e la bacchetta. In queste condizioni, «prescrivo» a Pucci il menu della serata: spaghetti alle vongole e aragosta alla catalana. Poi dolce, frutta e vino. Le cose che piacciono a me.

Fra la mia collezione di orologi, c'è un Rolex che, guarda caso, si chiama «Cellini». È l'unico che non ho mai messo. Solo ora mi sembra di intuire perché, anche se non so bene cosa. Ancora il caso? Destino, presentimento?

Dico a Pucci di regalarlo a Carlo, con un biglietto. Cellini, quando, commosso, verrà il giorno dopo a ringraziarmi, mi farà una promessa: «Non lo metterò fino al giorno in cui non uscirai dall'ospedale».

Quanto li ho pensati durante la cena! Ho immaginato che avrebbero riso, scherzato. Essere stato io a organizzare tutto mi faceva sentire un po' là, con loro, ma certo più forte era la nostalgia di non poterci essere, di essere lontano, quasi in un altro spazio e in un altro tempo, anche se a pochi chilometri di distanza. Un po' come in sogno, o come capita nei miraggi, quando sei lì lì per toccare una cosa ma non riesci mai ad afferrarla.

Comincio presto a pensare al Natale. Desidero struggentemente essere a casa a Natale, anzi qualche giorno prima, magari proprio il 23: sarebbe bellissimo festeggiare contemporaneamente il mio ritorno e il mio compleanno.

Ho voglia di fare a tutti un regalo, medici, infermieri, portantini. Regalerò a ciascuno di loro un orologio. Un orologio speciale, con il loro nome e i miei auguri. Chiedo a Pucci di farmi, come al solito, da complice e da tramite con l'esterno. A Milano ho degli amici che personalizzano orologi. Lei li contatta e io raccolgo tutti i nomi delle persone che si prendono cura di me qui, in Terapia intensiva.

Quando li consegno, personalmente, uno per uno, non si sa chi sia, fra me e loro, più commosso. Rimarranno tutti shoccati da questo regalo così inaspettato.

Su ogni orologio c'è inciso: «Grazie Carlo, da Alberto Castagna». «Grazie Rocco, da Alberto Castagna». E così via.

18

Il mio respiro inquieto

UNIVERSITÀ CATTOLICA DEL SACRO CUORE
FACOLTÀ DI MEDICINA E CHIRURGIA "AGOSTINO GEMELLI"

CATTEDRA DI CHIRURGIA DEL CUORE
E DEI GROSSI VASI

00168 Roma,

COMUNICATO STAMPA DEL 18 SETTEMBRE 1998

Le condizioni del Dott. Castagna sono in miglioramento.
Da una settimana respira spontaneamente senza l'aiuto del ventilatore. Le condizioni cardio-circolatorie sono stabili. La diuresi è presente e la funzione renale è in netto miglioramento.
Il paziente è apirettico da diversi giorni e lo stato infettivo è sotto controllo.
Il paziente prosegue il programma di fisioterapia.
La prognosi permane riservata.

Prof. Rocco Schiavello

Prof. Gian Federico Possati

Ricominciare a respirare senza la macchina. È una sensazione indimenticabile, incredibile. Succede verso metà settembre: dopo 55 giorni attaccato al respiratore. Non sono uno scherzo, 55 giorni.

Se hai subito un intervento chirurgico importante, hai sempre bisogno del respiratore: perché il cuore è affaticato, o perché arriva la febbre, perché non si riescono a coordinare bene i movimenti della respirazione. Ma tutto questo dura di solito 48, 72 ore... non 1300, come per me.

Il tubo della macchina viene fatto entrare nella bocca e da lì infilato nella trachea: l'aria arriva così direttamente ai polmoni. La mascherina serve per facilitare l'ossigenazione. Io l'ho dovuta sopportare per molto tempo. Mi teneva in vita, ma a me dava un senso di soffocamento. Respiravo e mi sembrava di non poter respirare. Una volta me la sono strappata, facendo arrabbiare non poco gli infermieri...

È una macchina intelligente, il respiratore. Può respirare al posto mio al cento per cento; può funzionare al cinquanta per cento se l'altro cinquanta lo faccio io, può smettere di «lavorare» nei momenti in cui respiro da solo. La comando io, insomma, automaticamente.

Quando i medici capiscono che la cosa sarebbe andata per le lunghe, altro che le solite 70 ore, mi praticano la tracheotomia: un'apertura nella trachea, sotto il pomo d'Adamo. Resto intubato, ma ora il tubo infilato nella trachea è molto più piccolo, una cannula; rimango attaccato al respiratore, ma dalla gola, non più dalla bocca. E quando vengo staccato dal respiratore, basta chiudere la valvola. A quel punto si potrebbe togliere la cannula e rimarginare la ferita alla trachea. Con un piccolo intervento di chirurgia plastica, si può far sparire perfino la cicatrice.

È quello che pensano di fare i medici. Il 19 novembre l'otorino fa un ultimo controllo e si accorge che le mie corde vocali si sono avvicinate moltissimo fra loro. È rimasto uno spazio quasi virtuale, uno spazio che non dà sufficienti margini di sicurezza per respirare. L'apertura alla trachea deve rimanere com'è.

Ancora oggi non so se e quando si potrà chiudere.

Nessuno ha mai capito esattamente da cosa le mie corde vocali siano state danneggiate. Ma io ora so che, se quello spazio dovesse ridursi ulteriormente, l'aria non potrebbe più passare e arrivare ai polmoni. Rischierei di morire soffocato.

L'otorino me lo dice così, tranquillamente. Non sa che proprio questa paura, morire soffocato, me la trascino dentro da sempre, è la mia ossessione, anzi, un'ossessione ancestrale, che tutti nella mia famiglia hanno.

Così anche adesso ho una cannula nella trachea, e la «valvola» chiusa, ma pronta a essere riaperta in qualsiasi istante, nel caso dovessi aver bisogno del respiratore.

Anche ora che non solo cammino, ma parlo, mangio, respiro da solo... anche adesso vivo con questa paura e questo rischio.

19

Senza parole

A lungo sono stato convinto che non avrei più potuto parlare, quindi continuare a fare il conduttore televisivo. Un'altra forma di morte. Mi sentivo malissimo, menomato, mutilato.

I medici per un bel po' non hanno saputo dirmi se le mie corde vocali fossero paralizzate, danneggiate per sempre dalla polineurite o da chissà che, o temporaneamente anchilosate.

Era la seconda ipotesi, fortunatamente.

Quando ho ricominciato a sentire la mia voce, mi sono emozionato. Era poco più di uno sospiro, ma in quel sospiro ho riconosciuto me stesso. Un me stesso che poteva ricominciare a parlare.

Il 30 settembre può cominciare la «riabilitazione foniatrica». Una logopedista, Immacolata, mi insegna come posso fare per poter parlare di nuovo.

Chi parla normalmente non può capire quanto sia difficile reimparare a coordinare fiato e muscoli dopo due mesi e mezzo di silenzio forzato. Si deve ricominciare dall'inizio, a sillabare... Ma come il primo passo giù dal letto, come il primo respiro senza macchina, forse, più di queste due cose insieme, dire la prima parola significa *rinascere*. Uscire da un brutto sogno durato troppo a lungo.

E prima, tutto quel tempo?

All'inizio provo a utilizzare un blocchetto e un pennarello.

La prima cosa che scrivo è: «Dove sono? Perché sono qui?». La seconda un messaggio per Pucci: «Portami via, tu me l'hai promesso». Commozione. Sono riuscito a ricordarmi la corsa in ambulanza e le sue parole prima che il buio scivolasse su di me.

Poi più niente, neanche poche righe. Non riesco a muovere le mani.

Provo con un piccolo computer, ma anche questo si rivela troppo complicato.

Sono obbligato a ricorrere a sistemi rudimentali. Torno bambino, con tanto di alfabetario. L'idea viene a Francesca. Mia nipote passa la notte a realizzarla. Mi prepara un cartellone con tutte le lettere dell'alfabeto. Formo le parole indicando una lettera dopo l'altra con una bacchetta. Posso comunicare, chiedere: di Carolina, notizie sulla mia salute, se ce la sto facendo, cosa succederà. Tutti mi rispondono: «Dai, non arrenderti, ce la puoi fare, non mollerai proprio adesso!». Oppure mi dicono: «Domani dovrai fare un certo esame, è un po' doloroso, ma importante, sopporta e non ti preoccupare».

Sopporta. E non ti preoccupare.

20

La nausea

Ci ho messo un po' a capirlo con chiarezza: di parlare e di mangiare, finché c'è questo maledetto tubo che mi tiene in vita, non se ne parla proprio. Camminare, sì. Un giro intorno al letto posso farlo, anche se sono attaccato al respiratore. Ma non più che questo.

Può sembrare ovvio. Non lo è, per uno che vive giorno dopo giorno, ora dopo ora, fidandosi completamente dei medici, sapendo di poter fare una sola cosa: mettere tutto l'impegno possibile per seguire le loro indicazioni. Una alla volta, senza pensare troppo al dopo.

Imparare di nuovo a deglutire, a parlare, a respirare puoi cominciare a farlo solo dopo che ti hanno staccato dal respiratore. E a quel punto devi fare le tre cose insieme. È tutto assolutamente coordinato. E devi reimparare tutto daccapo, assolutamente dall'inizio: come muovere correttamente i diversi muscoli della faccia, come utilizzare bene l'aria e far vibrare nel modo giusto le corde vocali, come evitare di mandare il cibo nella trachea invece che nell'esofago...

Da zero. Ricominci da zero. Come un bambino piccolo.

Un cucchiaino alla volta, lentamente. Una sillaba alla volta. Un respiro dopo l'altro.

Sono sempre in Terapia intensiva, ma in ottobre la logopedista dice che posso ricominciare a mangiare. Un altro passo avanti.

Rimangono le flebo e il sondino che mi portano nello stomaco le sostanze di cui ho bisogno. Però inizio anche a mangiare: frutta omogeneizzata, pappine, semolino. Il brodo che mi prepara a casa la mia buona Glesy. Il merluzzo o la sogliola surgelata che passa l'ospedale.

Per un po' mangio poco, ma regolarmente. Pian piano la mia vita ricomincia ad assomigliare alla vita.

Arrivano a togliermi il sondino.

Ma ecco l'ennesimo imprevisto, l'ennesimo dramma. Nausea, vomito, diarrea. Che succede? Mi dicono che lo stomaco ha dimenticato, dopo tanto tempo, la sua funzione di assorbimento del cibo; che l'intestino, più corto di un metro per l'asportazione subìta, può dare questi problemi.

Il terrore si impadronisce per l'ennesima volta di me. Capisco – e me lo dicono chiaramente – che, se continua così, dall'ospedale non esco più.

Di nuovo il sondino.

Via il sondino.

Mi impegno ancora una volta al massimo. Faccio sforzi sovrumani per trattenere il cibo. Lotto disperatamente. Ho un solo scopo, un solo obiettivo, come in tutti questi mesi: guarire, uscire dall'ospedale. Uscire dall'ospedale, guarire.

Riesco a vincere anche questa battaglia. Lucetta mi porta spaghetti al pomodoro. A volte, perché i piatti siano più appetibili, li prepara direttamente in Terapia intensiva, nel cucinino dove gli infermieri si fanno il caffè e preparano la colazione. A volte sono i cuochi dell'ospedale che mi portano la verdura bollita – carote, patate – sistemata nei piatti nelle forme più strane e colorate, come fossero composizioni floreali.

La dietologa continua a vigilare sulla mia alimentazione. Posso mangiare pasta, pesce, pollo. Ho bisogno di calorie, carboidrati, proteine, ma nello stesso tempo di cibi che non mettano ancora alla prova, con inutili scorie, il mio organismo.

Un altro problema è risolto, anche se non ho ancora ritrovato il sapore, il piacere del cibo.

E, quel vino che mi piaceva tanto, non ho più voglia di berlo. Nemmeno se potessi.

21

Francesca

La decisione più importante e drammatica che prendo in Terapia intensiva è quella di lasciare Francesca.

Mai decisione fu più mia, più solitaria, più sofferta, più convinta.

Francesca l'ho incontrata in un sogno, prima che nella realtà. Ero in macchina, e un autobus bloccava la strada. Non voleva saperne di spostarsi. Io suonavo il clacson spazientito, ma non si toglieva di mezzo. E a un certo punto da un finestrino si è affacciata lei.

La mattina dopo, fra tante fotografie che stavo sfogliando alla ricerca di un volto per un programma televisivo, vedo lei, la ragazza del sogno. L'avevo sognata prima ancora di conoscerla!

L'ho incontrata. Ci siamo innamorati subito. Era il 1995. Lei aveva ventiquattro anni.

Il mio rapporto con Pucci, anche se non eravamo ancora separati, era già traballante.

È stato un amore importante quello fra me e Francesca. Il mio per Francesca e quello di Francesca per me. Io ho lasciato la famiglia per lei, pur mantenendo un occhio attento a Carolina e cercando di colmare di attenzioni, piccole e grandi, Pucci. Con mia figlia, e sua madre, trascorrevo le domeniche e le vacanze. Francesca ha capito che amavo Carolina in modo unico al mondo e non mi ha mai messo di fronte a una scelta che per me sarebbe stata tragica, impossibile.

I primi due anni lei mi ha sempre accompagnato nelle «esterne» di *Stranamore*. Siamo stati in centinaia di posti insieme. Andava tutto bene fino a quel 18 luglio...

Perché è finita, con Francesca? Perché là, in Terapia intensiva, non mi sono sentito protetto da lei. Quando uno è ridotto come me, in ospedale, così, sente un gran bisogno di essere curato, accudito. Francesca, con il suo entusiasmo per la vita, la sua giovane età, ha sottovalutato il mio dramma, la mia tragedia. Non ha capito quanto fossi in bilico tra la vita e la morte. Forse aveva ragione a non capire. Ma io mi sono sentito trasportare verso la famiglia, anche perché Carolina – e di conseguenza Pucci – era l'elemento guida della mia tenacia, della mia rabbia, del mio dolore.

È stata Pucci a capirmi. A sacrificarsi. A prendersi completamente a cuore i miei momenti più difficili. Lei parlava con i medici, consigliava e si consigliava. Quando me lo disse, che si sarebbe presa cura di me indipendentemente da Francesca, io sentii Pucci rinascermi dentro. E Francesca lontana anni luce.

Cominciavo appena a parlare.

Supplico Francesca, tra le lacrime, di non venire più in ospedale. Lei non ne vuole sapere. Torna, infatti. Qualche volta. Io, io solo, chiedo che non venga più fatta entrare.

L'ho vista l'ultima volta il 16 ottobre.

22

Pucci

Ho conosciuto Pucci a Sabaudia, sulla spiaggia. Lei ospite di amici, io di altri amici. Da manuale.

La prima volta che l'ho vista aveva un'eritema. Le ho detto: «Dovresti andare da un dermatologo».

Lei: «Io sono la dermatologa più brava d'Italia».

Così, con passione, ma senza presunzione. Giusto con quella punta di durezza che avrei scoperto meglio, con il tempo.

È successo nove anni fa.

La prima sera le ho cucinato delle linguine al sugo di gamberi.

Dopo esserci frequentati al mare, abbiamo continuato a vederci a Roma. Da manuale, appunto.

Ci siamo sposati il 22 maggio 1994, quando Carolina aveva già due anni, anzi, proprio il giorno del suo compleanno. Le cose tra noi andavano già male.

Ci si può sposare per troppo amore, altre volte illudendosi di risolvere in questo modo i problemi.

Ero stato io, comunque, a insistere perché arrivassimo a «formalizzare» il nostro legame. Lei era riluttante. E, fosse stato per me, non ci saremmo separati legalmente, il 30 agosto 1995, tre anni fa, dopo che avevo conosciuto Francesca. Senza rendermene conto, mi ero presentato davanti al giudice ancora con la fede al dito...

Pucci è una donna «difficile». Io ce l'avevo messa tutta, ma evidentemente non era stato abbastanza. Certo, so che questa è la mia versione delle cose, bisognerebbe ascoltare la sua. Ma lei è molto schiva, verso il pubblico intendo. Gelosa della propria privacy. Non solo non ha mai cercato le telecamere, i fotografi, ma ha sempre detestato i sentimenti messi in piazza. E in me non ha certamente mai amato il personaggio pubblico, anzi.

Lascio Francesca e chiedo a Pucci di tornare con me, ricostruire una vita insieme.

Pucci mi risponde che, attraverso la mia sofferenza e la mia tenacia, ha scoperto in me una persona nuova, un uomo che può continuare ad amare. E mi ripete che io per lei non sono mai stato una posta in palio, qualcuno, qualcosa da contendere. «Se non l'hai capito adesso...»

Ricominciamo, da un letto della Terapia intensiva.

Io so già che, quando uscirò di qui, avrò molto da ricostruire con lei. Con lei e Carolina.

Comincio ad aspettare con maggior desiderio e meno ansia il momento in cui tornerò a casa.

23

Fuori dal tunnel

UNIVERSITÀ CATTOLICA DEL SACRO CUORE
FACOLTÀ DI MEDICINA E CHIRURGIA "AGOSTINO GEMELLI"

*CATTEDRA DI CHIRURGIA DEL CUORE
E DEI GROSSI VASI*

00168 Roma,

28.12.1998

Comunicato Stampa

Il dott. Alberto Castagna in data odierna è dimesso dalla Terapia Intensiva Cardiochirurgica.

La prognosi viene sciolta in quanto le condizioni cardiocircolatorie e le funzioni degli altri parenchimi si sono stabilizzate.

Il dott. Castagna necessita ancora di cure fisioterapiche.

Prof. Rocco Schiavello

Prof. Gian Federico Possati

Mancano tre giorni a Capodanno. Si avvicina il professor Schiavello e mi dice: «Quanto tempo vuole stare ancora qui? È ora di andarsene».

Non me l'aspettavo. So che non uscirò ancora dall'ospedale, ma almeno lasciare la Terapia intensiva vuol dire essere fuori pericolo, FUORI PERICOLO per la prima volta dal 18 luglio. Ce l'avevo fatta davvero.

Dal 2 novembre i globuli bianchi tornano a valori normali.

Dal 30 novembre io sono senza febbre.

Il 23 dicembre, giorno del mio compleanno, mi tolgono gli antibiotici.

Il 28 dicembre esco dalla Terapia intensiva.

Compio cinquantatré anni e, anche se ancora non lo so, mancano solo cinque giorni allo scioglimento della prognosi. Davanti al mio letto compare un enorme striscione: «Tanti auguri Alberto». Lo vedo al mio risveglio, lo avevano preparato le infermiere del turno di notte.

Viene a trovarmi – come fa ogni tanto – Federico, e mi porta in regalo un libro su Troisi, attore che io amo molto. Federico adesso è grande. È il figlio di Claudia, la donna con cui ho vissuto otto anni. Lui era un bambino con problemi. Gli ho fatto da padre per molto tempo, e il rapporto è rimasto, anche se negli ultimi anni si è inevitabilmente un po' allentato. Considero Federico un figlio adottivo. Penso di aver avuto un ruolo importante nella sua vita, come lui nella mia, del resto.

Carolina mi porta un piccolo albero di Natale.

Il 31 dicembre è Lucetta a rimanere con me fino a notte fonda. Gli infermieri, quelli obbligati a fare il Capodanno in ospedale, hanno portato da mangiare e da bere e cucinato lì. C'è un bel tavolo allestito in corridoio. Mi alzo e vado a trovarli. Mangio un po' di pennette al salmone e bevo un goccio di champagne.

Lucetta mi mette in bocca qualche lenticchia: come augurio, secondo tradizione.

Vedo già la porta di casa, ma solo nella mia mente. In realtà vedo la porta della mia nuova stanza in reparto, e il mio nuovo letto, il numero 20, sempre all'ottavo piano. Il mio letto, uno solo, in una stanza normale, una stanza finalmente tutta per me, con un comodino, l'armadio, un piccolo bagno.

I disegni di Carolina e le immaginette di Padre Pio sono bene in vista. In un cassetto, perché non so dove appenderla, una grande foto a colori della Roma, la mia squadra del cuore, e sulla foto le dediche e gli auguri di tutti i giocatori. Me l'avevano portata un paio di dirigenti giallorossi quando ero ancora in Terapia intensiva, e lì è rimasta attaccata al muro fino a qualche giorno fa.

A cambiare tutto è la finestra. Una grande finestra che occupa l'intera parete alla mia destra. Vedo il cielo dopo cinque mesi di luce artificiale. Il cielo, l'alba, il tramonto. Il sole e la pioggia. Il paesaggio.

Si vede un pezzo del Gemelli, con grandi scale di metallo che si arrampicano dall'esterno, ma perfino l'ospedale non fa più così paura.

Un piazzale.

Qualche pino marittimo.

Torno a vedere il mondo.

24

Miracolo

Padre Pio è dappertutto nella mia stanza. In peltro sul comodino, alla mia sinistra, verso la porta; in immaginetta appena sopra lo schienale del letto; attaccato al mio cuscino. E proprio davanti ai miei occhi, sulla parete di fronte. Ho anche una maglietta bianca con stampato il suo volto. Me l'ha portata un paziente di un altro reparto.

Ero un credente «a modo mio». Uno dei tanti. Mai andato a messa. Mai pregato. Quando ho cominciato a rendermi conto che ero in ospedale, anzi in un reparto come quello della Terapia intensiva, l'unica cosa che facevo era pregare. Chiedevo aiuto, e dopo mi sentivo più forte.

Ho fatto fatica a ricordare il *Padre Nostro*, l'*Ave Maria*. Ma pian piano ci sono riuscito.

È, però, a Padre Pio che mi affido completamente.

Ero stato a San Giovanni Rotondo per caso, per curiosità. Registravo uno spot pubblicitario lì vicino e mi sono detto: perché non andare a visitare il Santuario di Santa Maria delle Grazie? In fondo, il fenomeno Padre Pio era molto interessante anche solo dal punto di vista del cronista. Fino a quel giorno, ne sapevo pochissimo, più o meno quello che sanno superficialmente tutti.

Ma, con mia grande sorpresa, ne vengo immediatamente catturato. Mi ritrovo a pregare e a sentire un legame profondo con lui. Capisco che quel legame non si spezzerà mai più.

Parlo a lungo con frate Pietro Antonio e soprattutto con il frate anziano Michele. Mi raccontano la storia di Padre Pio, poi, mentre usciamo dalla cucina del convento, frate Michele mi dà una reliquia. Io gli dico che sono preoccupato per l'intervento che mi aspetta a Pavia, e lui mi risponde: «Vedrai, andrà tutto bene».

Questa fiducia mi si è depositata nel cuore.

25

Carolina

Anche i disegni colorati di Carolina, con le frasi affettuose rivolte al suo papà, sono appesi al muro della mia stanza d'ospedale in modo che io possa vederli in qualunque momento.

C'è in particolare un foglio di quaderno a quadretti, con un grande cuore:

> Papà, ti voglio bene, sono Carolina, ti amo, voglio che torni presto. Sta scrivendo mia mamma per me.
>
> Tieni duro! Salutami Cellini.
>
> Sei il migliore papà del mondo, ricordati che ti aspetto.
>
> *Carolina*

Il pensiero di Carolina è uno di quelli che più mi hanno tenuto compagnia in questi mesi e che più hanno contribuito al miracolo. So che a casa, nella sua stanza, c'è una foto in cui ci siamo solo noi due. L'ha scelta lei. Vuole solo quella, e guai a chi la tocca, sposta o sostituisce. Nemmeno con altre foto ugualmente «nostre».

«Mamma» arriva una volta a dire «mi fai un favore? Puoi volere più bene a papà che a me, così guarisce prima?»

Pucci mi aveva portato una cassetta con la sua voce. Per un po' l'ho ascoltata, poi non ne ho più voluto sapere. Mi commuoveva troppo. La sua voce registrata mi immalinconiva invece di darmi forza.

Invece è bello quando viene in ospedale. Le avevano dato il permesso di venirmi a trovare anche in Terapia intensiva. Come una donna grande, lei si metteva la mascherina, le sovrascarpe, il camice. Ora che sono uscito dalla Terapia intensiva, viene un po' più spesso.

Gioca sempre. Il suo gioco è guardare le macchine, le apparecchiature che mi aiutano a guarire.

È una bambina matura e saggia. Parla con sua madre: «Non mi dire che papà torna. Dimmelo solo il giorno prima». Soltanto una volta, a casa, ha osato nominare, con tremore, la parola «morte».

Con me, di fianco al letto, Carolina rimane seriosa e attenta. Ho l'impressione che abbia paura che, anche solo a baciarmi, toccarmi, io mi rompa.

Ho saputo di un incubo di Carolina, durante il primo mese del mio ricovero al Gemelli. Aveva sognato che tornavo a casa e io non mi curavo minimamente di lei. Poi mi ero rotto, perché ero di cartone...

Prima, eravamo sempre abbracciati, a giocare, rincorrerci, la prendevo continuamente in braccio. Dovrò ricominciare da lontano, con lei.

So che ha vissuto male la mia malattia. Forse ha sentito il mio dramma come tradimento, abbandono.

C'è stato un momento in cui non voleva più venire in ospedale. «Quello non è il mio papà» diceva, e a casa giocava solo al dottore. Pucci la sentiva parlare di camici, di adrenalina...

Queste cose mi straziano e mi danno la certezza di quanto Carolina abbia capito, al di là delle parole, ciò che mi è capitato.

Sì, dovrò ricominciare da lontano, con lei. Ma andremo anche lontano insieme.

E sarà bellissimo.

26

La vita che verrà

UNIVERSITÀ CATTOLICA DEL SACRO CUORE
FACOLTÀ DI MEDICINA E CHIRURGIA "AGOSTINO GEMELLI"

*CATTEDRA DI CHIRURGIA DEL CUORE
E DEI GROSSI VASI*

00168 Roma,

13.03.199

COMUNICATO STAMPA

In data odierna il Dr. Alberto CASTAGNA è stato dimesso dal Policlinico Universitario Agostino Gemelli.

In buone condizioni generali è ritornato a casa dove necessita ancora di riposo e cure fisioterapiche.

Prof. Rocco Schiavello

Prof. Gian Federico Possati

Il Policlinico Gemelli si allontana pian piano dalla mia vista. Scorci sempre più piccoli e sfuggenti tra gli alberi e i palazzi, fino a che scompare del tutto. E finalmente vedo il mio portone di casa. È un momento di grande emozione, un'emozione che forse non si può descrivere.

Mi hanno detto martedì. E io dalla domenica sono agitato e contentissimo. Poi i medici rinviano al sabato successivo: 13 marzo. Momento di delusione, di rabbia. Che differenza potranno mai fare quattro giorni per uno che è stato in ospedale otto mesi? Invece fanno differenza, eccome.

Era un giorno 13 anche quando ero tornato a Roma dall'intervento di Pavia.

Nonostante il preavviso, quando il momento arriva è un po' come una sorpresa che coglie tutti alla sprovvista. Forse perché era difficile credere davvero che quel giorno sarebbe arrivato. Forse perché più l'hai sognato, mille volte vissuto nella mente, e più ti coglie impreparato.

Paradossi del tempo e del cuore umano.

Poche settimane prima, casa mia si era allagata. Una banale finestra dimenticata aperta, un temporale violento e improvviso. Pucci aveva dovuto far rifare tutto il parquet. Mi raccontava di un insopportabile odore di vernice che sarebbe passato non prima di alcuni giorni. Ho l'impressione che perfino la casa, dopo avermi aspettato tanti mesi, si sia fatta cogliere impreparata proprio all'ultimo momento.

C'è dell'altro.

Dentro di me ho una voglia matta, ma anche paura.

Quando hai rischiato tante volte di morire, l'ospedale diventa rassicurante: ti succede qualcosa e sono tutti lì pronti a tirarti fuori dai guai. A casa, chi lo sa? E poi, per quanto paradossale, vivere otto mesi in un luogo crea legami umani e abitudini che rendono un po' doloroso andarsene. È anche questo un distacco, per quanto incredibile possa sembrare. Scopro che si può provare, uscendo da un ospedale, mista a felicità ed euforia, un'inaspettata nostalgia.

E sono di nuovo sulle prime pagine dei giornali e fra i titoli di testa dei telegiornali.

Ero entrato in ospedale con il sole, torno a casa con il sole. Ero entrato con il caldo torrido di un'estate torrida, esco proprio il giorno in cui a Roma ci sono 21 gradi, un caldo estivo, un caldo record, la quinta volta che succede in tutto il secolo. Lo prendo come un segno buono. E ricomincio a pensare al mare.

Abbraccio forte forte Carolina e mi affaccio finalmente da quella terrazza che gira tutto intorno al mio superattico e che ho così desiderato.

È una bellissima giornata. Davanti a me si vede tutta Roma: l'Altare della Patria, il vecchio Tribunale, il Quirinale, Villa Borghese, il Pincio, Villa Ada. In alto Monte Mario e l'Hilton, proprio sotto di me piazzale Clodio e tutto il quartiere Prati, via Teulada con il vecchio complesso della Rai. Un po' nascosta dalle pendici della collina, alle mie spalle, tra il verde, Villa Miani. I palazzi in lontananza, come soprelevati, sono quelli dei Parioli, dove c'è anche il mio ufficio. Sulla destra, vicinissimo, San Pietro.

Oggi è davvero una giornata limpida e luminosa. Si vedono le montagne e le colline attorno a Roma, i Castelli, e i paesini adagiati sulle pendici, verso sud, Frascati, Tivoli, Palombara Sabina.

Il Gemelli no, non si vede. Anche se è molto vicino, rimane nascosto da Monte Mario. È alle mie spalle, in tutti i sensi.

È da questa grande terrazza fiorita che saluto i fotografi e gli amici che sono lì sotto a urlare il mio nome. Un po' come quando scendevo dal camper di *Stranamore*, ma con più delicatezza, con più attenzione, forse con meno idolatria ma più rispetto. O forse sono io che, dopo tanta attesa, vedo cose che non ci sono. O vedo le cose come non sono.

Forse sono così cambiato *dentro* che mi appare diverso anche ciò che c'è *fuori*.

Non so se ci avete fatto caso, ma i miei occhi sorridenti conservano tracce di paura. Tracce? No. Il mio è più lo sguardo di un uomo smarrito e spaventato che quello di un uomo felice. È normale, mi dico. Tanta paura, i terrori di tanti mesi non si possono cancellare in un'ora, in un giorno. Ci si deve riabituare alla vita, alla felicità. C'è una riabilitazione anche dei sentimenti, e questa chissà chi ti aiuta a farla. Carolina, sicuramente, e Pucci, e Lucetta, e i miei amici.

So che mi sveglierò ancora molte notti in preda agli incubi. Mi sveglierò e penserò di essere in Terapia intensiva o nel letto numero 20 della Cardiochirurgia del Gemelli, piano ottavo.

Ma questo è davvero niente.

Già dopo poche ore mi rendo conto di avere PAURA. Non certo del tremito al braccio destro che mi trascino dall'ospedale. E se mi sento così inquieto, così provato, non è, come vorrei illudermi, per le dolorosissime ferite da decubito che richiedono ancora medicazioni quotidiane e le cure di un chirurgo plastico.

No. Non è questo. Non è questo che non mi dà pace.

È adesso che ho paura di non farcela.

È adesso che ho paura di morire.

Adesso che tutti mi dicono che ce l'ho fatta. Adesso che sono di nuovo a casa.

Quando l'hai sfiorato, il gelido soffio della morte, lo temi più ancora di prima.

Se la vita mi fa sicuramente meno paura, la morte me ne fa molta di più.

Epilogo

Della mia vita passata non voglio parlare.

Quella vita, adesso, è stata spazzata via. Come un tornado spazza via un villaggio di capanne.

Negli ultimi anni ho vissuto giorno e notte davanti alle telecamere, sotto i flash dei fotografi. Non voglio nemmeno chiedermi quanto desiderandolo e quanto, al contrario, subendolo.

Scoop veri e scoop falsi si sono così indistricabilmente mescolati nella mia vita di uomo di successo che è praticamente impossibile distinguere verità e menzogna.

Potrei dire la mia, ma ognuno continuerebbe a conservare l'immagine di Alberto Castagna – idolatrata, odiata – che si era costruita, che aveva prima.

Ma non è per questo che mi sottraggo.

Mi sottraggo, ma non mi nascondo. Non rinnego, non smentisco, non confermo, non preciso. Che cosa, poi? Quello che tutti sanno, quello che tutti credono di sapere, quello che nessuno sa? Perché? A che scopo?

Non scappo. Dico che non mi interessa.

Io sono un altro uomo. Questo mi interessa.

Chi riesce miracolosamente a uscire da un tunnel come quello che ho attraversato io non può, nemmeno volendo, rimanere la persona di prima.

La mia vita ricomincia, in qualche modo, da zero.

Il «prima» è lontano non otto mesi, ma otto secoli.

E il «dopo», salvo poche, fondamentali certezze, non lo conosco nemmeno io.

Non so se valga la pena soffrire così tanto.

Di sicuro il dolore mi ha trasformato. E anch'io l'ho trasformato, il dolore. Ho capito che non si può eliminare questa dimensione dalla vita. Si cresce, con il dolore. Cresce la tua forza, diventi più solido.

E più semplice, più essenziale.

Più simile davvero alle altre persone.

Anche prima lo dicevo, ma non era vero.

Ringraziamenti

Voglio ringraziare di «cuore» i medici che mi hanno salvato la vita, e tutte le loro équipe. In particolare: Carlo Cellini, Rocco Schiavello, Gian Federico Possati; Cynthia Barillaro, Franco Cavaliere, Michele Corrado, Giovanni Federico, Sergio Guarneri, Giovanna Luciani, Giorgio Maria, Lorenzo Martinelli, Marco Rossi, Andrea Scapigliati, Lita Varano, Roberto Zamparelli.

Ringrazio gli infermieri e gli ausiliari della Terapia intensiva e della Cardiochirurgia del Policlinico Gemelli di Roma, e tutti coloro – troppi per essere citati uno per uno, ma che io ricorderò sempre uno per uno – che mi hanno aiutato a uscire da questo lungo incubo.

Un ringraziamento particolare – oltre che alle persone di cui ho già parlato nel libro – ai miei amici: Paolo Quintarelli, medico; Carlo Malachini, pranoterapeuta; e a Eugenio Trafficante, che in tutti questi mesi ha risolto i mille problemi della vita pratica, che comunque doveva continuare anche se io ero bloccato in un letto d'ospedale.

A.C.

«La mano sul cuore»
di Alberto Castagna
Collezione Ingrandimenti

Arnoldo Mondadori Editore

Finito di stampare nel mese di aprile 1999
presso Arnoldo Mondadori Editore S.p.A.
Stabilimento NSM di Cles (TN)

Stampato in Italia - Printed in Italy